散步去黑橋。

七等生

【出版前言】

削廋卻獨特的靈魂

生命裡不免會有令人感到格格不入的時候，彷彿趔趄著從一眾和自己不同方向的人羣中穿行而過。然而如果那與己相逆的竟是一個時代、甚至是一整個世界，這時又該如何自處？一生以叛逆而前衛的文學藝術屹立於世間浪潮的七等生，就是這樣一位與時代潮流相悖的逆行者。他的創作曾為他所身處的世代帶來巨大的震撼、驚詫、迷惑與躁動，而那也正是世界帶給他孤獨、隔絕和疏離的劇烈迴響。如今這抹削廋卻獨特的靈魂已離我們遠去，但他的小說仍兀自鳴放著它獨有的聲部與旋律。

該怎麼具體描繪七等生的與眾不同？或許可以從其投身創作的時空窺知一二。在他首度發表作品的一九六二年，正是總體社會一意呼應來自威權的集體意識，甚且連文藝創作都被指導必須帶有「戰鬥意味」的滯悶年代。而七等生初登文壇即以刻意違拗的語法，和一個個讓人眩惑、迷離的故事，展現出強烈的個人色彩與自我內在精神。成為當時一片同調的呼聲中，唯一與眾聲迥異的孤鳴者。

也或許因為這樣，讓七等生的作品一直背負著兩極化的評價；好之者稱其拆穿了當時社會表象的虛偽和黑暗面，凸顯出人們在現代文明中的生存困境。惡之者則謂其作品充斥著虛無頹廢的個人主義，乃至於「墮落」、「悖德」云云。然而無論是他故事裡那些孤獨、離羣的邊緣人物，甚或小說語言上對傳統中文書寫的乖違與變造，其實都是意欲脫出既有的社會規範和框架，並且有意識地主動選擇對世界疏離。在那個時代發出這樣的鳴聲，毋寧是一種挑釁，也無怪乎有的人視之為某種異端。另一方面，七等生和他的小說所具備的特殊音色，也不斷在更多後來的讀者之間傳遞、蔓延；那些當時不被接受和瞭解的，後來都成為他超越時代的證明。

儘管小說家此刻已然遠行，但是透過他的文字，我們或許終於能夠再更接近他一點。印刻文學極其有幸承往者意志，進行「七等生全集」的編輯工作，為七等生的小說、詩、散文等畢生創作做最完整的彙集與整理；作品按其寫作年代加以排列，以凸顯其思維與創作軌跡。同時輯錄作者生平重要事件年表，期望藉由作品與生平的並置，讓未來的讀者能瞭解台灣曾經有像七等生如此前衛的小說家，並藉此銘記台灣文學史上最秀異特出的一道風景。

在家中陽台整理盆栽，攝於一九八〇年代

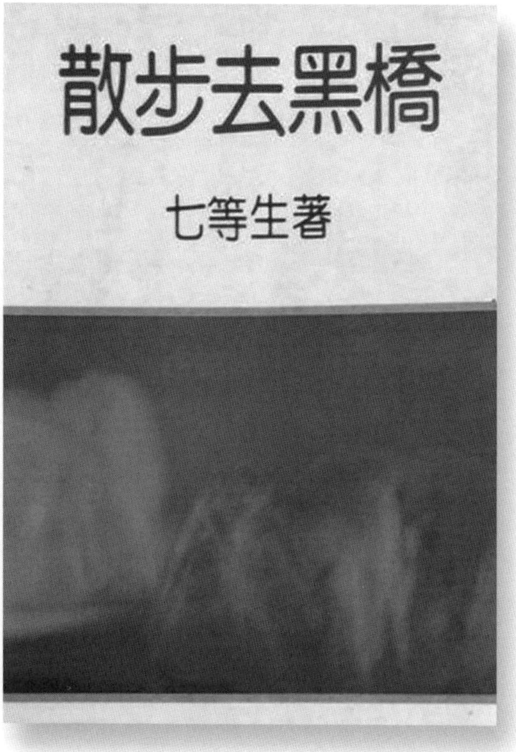

1978年《散步去黑橋》，遠景（初版）

目錄

自序

這本集子，有特別一記的需要，因為這是一年多來寫作和發表的成果。自與沈君結識以來，他為我出版的十本小全集，大都是整理舊作的工作，情緒上的感受有所不同；現在是一本全新的集子，我比較能夠記憶些有關作品的一些事體，也需要將內容的主旨加以簡略的說明，將它們記錄下來一併與作品成書是頗可紀念的事。

〈復職〉發表在去年十月出版的《小說新潮》第二號，此作是我生活上親身經歷的事；有時想起我在十六年前，突然提筆寫作，而沒有繼續我原有的初衷當畫家，辛酸之感不由從內心裡湧現於表；我對繪畫像對初戀的愛人的告別，迫使我長年對她的想念和惋惜；後來曾有一度再握畫筆，已沒有當年傾洩感的滿足，我知道對她已不可為了，不能夠重返到她的懷抱，即使偶有碰頭見面，兩相的成見，隨時日越來越深，相見憶昔，徒空感嘆而已。寫作使我離開了原有的教書工作，成了追逐生活的浪子；但我在寫作上的主觀表現，想依靠這種個自的風格去獲得較多讀者的購買，在我們生活的現實社會裡是萬難的事；事後的瞭解，已經使我在生活上流離顛沛，幾年的窮困和潦倒，迫使我必須回返小學教師的工作，幾經人事的磨難，像我如此難以妥協一般人情世故者，其中的苦頭，雖非親身經歷者，只要生活在同一時空中，亦將同感其中折磨的況味。

〈小林阿達〉發表在今年元月的《台灣日報》副刊上，他是浪子回鄉，面對家庭和小鎮的環境，在困絕中認識了生命的真諦，歸向自然的故事。隨即在四月的《聯合報》副刊上發表〈回鄉印象〉，他是個醫生，經由一次偶然的契機，使他肯定了生活的職志。在這同時期裡，我另外撰寫了一位妥協於生活環境的女子，最後終於看見現實生活的欺騙，重新出來尋求她最原初的願望，此作〈迷失的蝶〉發表於《中國時報》副刊。產生這三個作品，是我近一年多來，特別關注心靈內轉的狀況；對內在生命世界的闡述，本來就是我寫作一直延展不變的主題，此時，我將之從一種原樣出發，在某個阻塞或絕境處，機轉於另一個新途。生命個體到了某一時期（有如生長的成熟階段），常有轉向的趨勢，一個人如果能夠省思過去種種事象，他必定能夠重創一股新的生命力量；不過我想有些人會誤解所謂重創一股新的力量是指表面的事業成就；表面的事業成就如果是經由內心的一股重創力所引導，這只是附帶的一種結果；真正重要的，也是我要指出的，是一個人能夠從生活的表面活動層次進入生命內在的思維。許多能夠領悟存活現象涵義的人，有時適有正相反的外表呈現，過去他也許是積極於一項世俗事業的圖展，注重外表裝扮的認同，承認社羣釐定的生活價值，但經過了他個人種種特殊感受的祕密歷程，他成了一個平淡無欲的人，對於外界的批評和觀感，視為一種煩擾的吵嚷，他從急躁的情緒轉化為平靜，他覺得生活上的過份追逐是一種徒勞，認為那是虛榮心的競賽，一個生命個體置身於此種競爭就成為一個無靈魂的機器或動物，永遠受到種種潮流和俗世規則所支配和操縱。能夠由此機轉而退讓的人，他猶如找到了定力，認識了潛居於自己體內的主宰，從外在的有我，成為內在的有我。特別有一種人在成長階段中，一直受到自卑與自傲兩種極端的情感所折磨，他成為一個生活的浪子，外表和言行極端地反抗社會的一切架構，反抗人性的虛偽，他的衝動外表永遠像是在往前奔跑，同時也像是永遠往後逃避。然後有一個機緣，他駐足停步，他驚愕了，像從夢中醒來，開始從習慣的人造社會回返到自然的世界。許多情況說明了心靈內轉的真實，簡單地說，這是宗教上的了悟（雖然他並不在形式上皈依某一種宗教），在存活的人類裡，大多都有這種掌握生命契機的智慧。

這種回轉作用應視為是一個生命個體自我的本份，靠他自己的秉賦和努力而產生，他的獲得沒有必要向他人宣告的義務，更沒有強求別人依從的權力，所以一般人很難加以區分和辨別出真價，如果有，不但得不到敬重，反而受到近乎惡意的曲解，認為不能從表面可見的生活世界去建構價值是人類自我放逐的「虛無」行為。我們假定人類的辯論是一種多餘的吵嚷，當雙方不能遵從既定的規則，不能透過共同的認知，只一味堅持個自的觀點時，真理（向未知探索的工作）不是越辯越明，而是把真理整個嚇走了。此種情況是片面的真理佔據了真理本身的位置。因為生存事實如果有反對別人存活的樣式的話，個人或某種利害關係結合的羣體，蓄意要造成橫蠻的統御意識，迫使零散的個人屈服於強權，而受其支配和奴役時，何謂真理？只是強詞奪理而已。因為基本的個人自由都沒有，不能再進一步強求責任義務。再說相等的勢力為爭奪權力所引發的辯論，毋寧只是兩隻惡犬的嘶咬而已。而時尚對個人「虛無」主義的指責，往往不是追索和瞭解其內在精神，以及尊重其生存的個別樣態，只為了他沒有依附於某種他們肯定的意識。地球有多少人，天上就有多少星，人應在地球上像星在太空中受到個別的尊重和享有其存在地位；星球不論大小，他們只服膺於自然永恆的秩序。所以權力慾的野蠻和腐敗，在於任意奴役個人，剝奪其生存的權益，阻塞了善解生命事實的良心的啟發。

〈散步去黑橋〉發表於六月出版的《現代文學》第四期，我試圖給予在同一空間環境中，現在和往昔兩種不同時間的價值比較，屬於現實哲學的討論，可做為確立個人生存價值的前三個作品的結論。

〈夜湖〉和〈寓言〉是連綴去年發表的〈山像隻怪獸〉，屬於四部短曲的第二章和第三章，另外的一章〈歸途〉將於日後發表，整個情節結構是兩女一男的旅遊，但我將人物名字逐篇改變，以適合於各章的獨立性，和發表的不同時間。我希望我這樣的解說不致影響讀者的探求興趣。我的寫作意念完全忠實於內在的真實情感，應以純粹文學的律動感去欣賞，不應瑣碎地去求證於周遭人物的感情關係。此類作品我相信時間越久越能顯現它的純美，因為人的視野一旦離開了現狀的混淆，即能客觀冷靜地辨別作品的風味。

另外附錄上兩篇散文，〈書簡〉公開在今年四月的《聯副》，是回答一位誠摯的讀者的疑難。事實上我並沒有為他解答他的困境，只是淺略地談到我的處境供作他的參考，他的事應由他自己去解決。文學作品（小說）本身是否能夠做為現實生活的實際指導，我抱著懷疑的態度，文學能夠淨化和安慰一顆不安的心是不用置疑的，其他的功用或許要看將來的文學的發展如何而定。〈我年輕的時候〉是發表在同月的《時報》副刊上，是回憶我初寫作時的原有心態，包括我的童年的夢魘的某些段落，是為《時報》副刊「我的第一步」專欄而寫的。

最後，我仍要感謝沈登恩先生給我今年的機會出版此集，並希望將來能夠每一年有一次這樣的可貴機會，因為就我所知，我的作品看的讀者不多，出版我的書並無利潤可得，他不像其他出版社摒絕我，完全是居於道義和友誼的立場，這也是一個出版家最為可貴高尚的風度，使他能夠敬愛凡是用心寫作的作家。

於通霄舊屋　一九七八年七月一日

（本文為一九七八年遠景版《散步去黑橋》自序）

復職

復職的事沒有問題，受委託的議員從縣府所在地打長途電話來，九月八日早晨十時二十分，岳父從對街的家奔來通告我，要我在中午以前攜帶證件趕到縣府教育科。

爭論是沒有用的，我對妻的父親說。為什麼早在兩個月前，由另一位委託人本鄉的校長備文附上證件呈報縣府，至今會發生承辦人沒有看到證件的事呢？曾經有人告訴我，由學校申報不會受理，終於得到了事實的證明；當時認為公公正正地由學校推薦復職，大概是不會受到擱置的情事罷。當時亦抱著疑問的態度，恐怕真的不會受到理睬，又用另一個方式親自到縣府去登記，再委託本鄉選出的議員從中說項。現在事情是真的如某些人說的那樣，那麼我的證件的去處，只有再到學校去問詢，必要時請學校的幹事一同到縣府追索證件，再送到教育科去。

臨走時岳父吩咐我，到縣府如看到那位受託的議員，一定請他去吃一頓午餐。這樣的話又得必須多帶些錢，雖然我心裡有點躊躇，但是並沒有在岳父面前露出我已經是山窮水盡的地步。有些人也這樣說：事情要辦得順利恐怕要花費一些錢。因為固執著自己是師範畢業的資格，一切證件齊備，而且今年的報紙上屢次登載著目前教師缺乏的嚴重事情，因此不相信政府辦事真的已到了完全黑暗的地步。在這臨時要趕往縣府的時候，心裡無端地恐懼起來，不知道這一次到縣府後，他們要以什麼樣的藉口來刁難我，也許就指著我的衣著訓斥一頓也說不定。這時才深深地體會到早先沒有用錢去辦是多麼不聰明的事。記得當時也曾和年紀老邁的岳父爭辯過所謂敬重別人和自我尊重的人格問題，但這一次他的吩咐，再怎麼樣有困難也不敢不順從，任何德性的問題再也不敢去想了，越想只是越感自己拙於處事的呆笨的樣相。岳父又說，那位受託的議員在電話裡說明復職的事只剩下最後的手續，因為看不到證件，便無法發出派令。事實如是這樣，那麼此行是非常非常的重要了，任何的一舉一動都可能影響著承辦者的決定。那麼證件到底現在在何處呢？一面在岳父面前擦亮皮鞋，一面思索著。此刻再轉去理髮店剪頭髮是來不及了，只能塗些髮油把它梳得整齊罷了。就這樣匆匆地步出家門，要先趕到本鄉的小學校去查詢證件的下落。這時大概是十時三十分鐘，傳話中既然指著在午前趕到，那麼時間是必須謹慎地計算，不能讓它不知不覺地溜過去。

到達學校，看到那種混亂的情形備覺親切，雖然四年左右沒有再與小學生發生直接的關係，但學校的情形畢竟是自己很熟悉的一件事，而且一生之中無論如何也忘不了的印象。九月五日開學就遇到了神經病一樣的颱風，帶來自十年以前八七水災後最大的雨量，因此停課到九月七日才復學。在報上已經看到省府轄區之內各縣受水災破壞的嚴重程度，有的學校整個被沖走的慘相，相信本鄉自光復以來未曾改建的大部份校舍一定落雨得很嚴重。我是曾經在這所本鄉的學校畢業的，情況的瞭解就像才是昨天的事情一樣的記憶清楚。剛踏進辦公室的門口，曾經當過我的老師的那位教師和我碰面便問道：「派令接到否？」我搖搖頭，他便皺眉頭走開了；因為是這樣的話，再扯談下去也沒有用處。

證件的下落找到答案了；校長親自從他的辦公桌抽屜拿出來遞給我，上面多了一張縣府來文的答覆表：

○○縣政府來文簡便答覆表　59 8 30 府文人四字第04889號

原發文機關	○○國民小學	文別	呈	原發文編號	59 7 2 ○國小人字第382號
簡由	盧義正復職案	附件		到文日期	59年7月3日
答覆事項	該員申請復職須待暑期教員調動及新師範生分發後視出缺情形才能辦理本案應暫緩議			發還附件	證件乙冊
附記					
					○○縣政府

看到後我心裡非常難過。一方面心中焦急著必須儘快趕去縣府，所以校長無論解釋了什麼，我只有一個感想：你欺騙了我，你一定是知道這事不必這樣辦，但你還是假裝道義的形式延誤了我。你知道無權，但你還是沒有坦白說出來，甚至這樣對我的岳父說：「像義正這般有專長的人才，我要把他爭取到本校來服務。」的漂亮話。現在姑且不去理論縣府的來文是否官樣的表面文章，對於教師的缺員十分恐急，尤其技能科教師的嚴重缺員的事實，報上的登載和全國教育會議的決定，讓人體會起來不過是口中的焦急而不是內心的恐慌罷。對於一個四年之間兩次申請復職至今無著的人而言，難怪要對政府的辦事感到義憤不已。好在早已提防這一著的受騙，已經有了另一條途徑，要是這一條路再無望的話，再來咒罵社會的無情也不遲罷。但心裡突然浮起報上報導議員與縣府官員為教師調動收受紅包的案件，竟然沒有勇氣公佈他們的姓名，那麼我手中的縣府答覆表，不是可以解釋為無酬便不受理的正當理由嗎？這一點什麼人都知道他們是狡計多端的，當本案應暫緩議後，等到開學再一次備文申請時，那時人事調動和新師範生分派已畢，缺員由代課教員已經補足，人事宣佈凍結，一切又周而復始，永遠沒有叩開復職的門戶的希望。這個生存的世界正如四面皆牆，黑漆一片，無路可通了。

我上衣袋子塞著證件冊子，在本鄉的街道奔跑著，對於本鄉的人將以什麼樣的想法來忖度一個離職後失業的人，過去我是全然不予理會，但是現在竟然服裝齊整地匆匆在街道上奔跑，突然地有種難以說明的被人疑問的感覺。可是事不宜遲，一個人的私事無論怎樣動用口舌也沒法說到別人十足的相信的地步，也沒有說給別人聽的必要，自己的事總要採用自己的辦法，因為有別人的批評而萎縮實在不必要，對於事關生活緊要問題的我，時間是非常寶貴的，尤其現在更顧不到儀態的問題，必須加速地跑到車行。

司機站在車門旁邊，笑著臉迎著我奔向他。現在時刻是十時五十分，我要求他在一個鐘頭之內趕到縣府門口，所以他說了什麼價錢，我已經無能再跟他去計較按程計價或包車打折的瑣碎事了。當車子開出本鄉後，我和司機聊談，他說生意今時不比昔時，同是本鄉的居民絕沒有加倍苛薄的道理。他指前面暗藍色的柏油路面為水沖裂的段落給我看，我同時抬眼看到左面有點崩塌的山丘，右面是一條淺淺的沙質的河流。他說路太壞了，只四十公里的路程再怎麼樣的慢速也不必要一個小時的時間，何況他們又是以時間算金錢的計程司機，能開快當然儘量向前衝去。車子突然地飛奔起來，從一位騎摩托車的男士身旁超越過去，搶著通過前面的一座非常狹窄的橋。呼嘯過橋後依然是飛奔的速度，車子裡好像沉默了約有一個世紀，我偷偷地斜眼去瞥望駕駛盤下方的時速表，指針在八十至一百之間不斷地顫抖著。

「聽你剛才那麼說，今天這段路平均時速可能有多少？」

「有四十公里就算順利了。」

他的眼睛望著前方說，現在的時速已快接近一百公里，他這樣的回答豈不是有點過份謙虛嗎？

「現在路面是稍微好一點，車輛又少，才能快速地駛。」他又說。

我從窗子望著外面的風景，兩旁都是比路面低數尺的綠油油的稻禾，心裡還是有點懷疑司機的誇大的口吻的時候，車子竟漸漸地慢下來了。原來這條山路越來越窄，迎面駛來了數位騎摩托車的人，加上路邊也站著肩架鋤頭的農夫，以及挑柴木的農婦。幾天的豪雨後，小童也把動作緩慢的水牛牽到路旁來嚼草。車速降到四十和三十之間，我才有點相信司機的話。

「前面的路不知怎麼樣？」

「更糟透了，還有一段四公里的石子路。」

「你怎麼知道？」

「昨天載客人到坪頂，就是走著這條路。」

「噢！」

我把身子向後靠，再去打擾司機畢竟是自己吃虧，讓他專心地去駕駛，他居然答應午前可以到達縣府，那麼就放心去信靠他罷。也許他專心一些，在時間上又縮短了些也說不定，這樣自己到縣府後還有一、二十分鐘的時間，才不致給思慕午飯等著十二點正的鈴聲下班的承辦人拒絕接辦和捉到發脾氣打官腔的機會。這時心中又為了種種的顧忌擔憂，心臟和精神又開始撞跳和不安起來。

記得兩年以前，也正是這個季節的時候，全家三口租居在首府市內的一個六蓆大的小房間裡，生活惟靠妻在美容院做事的收入過日，自己盼望能獲得滿意和勝任的工作始終沒有實現。這種情形彷彿與妻調換了身份，自己像女人在家看孩子煮飯，妻像男人外出去工作。正在這樣悶居的時候，關心的友人奔來通報，說附近〇〇管理局轄內的學校今年缺員甚多，他們的作風一向較其他縣市開明，催我趕快前往登記，必定能夠受到採納，獲得分派的機會。這樣的消息畢竟使人聽得非常的興奮，可是自己卻納悶存著懷疑。因為不久前也接受妻的意見，好不容易握持一張○○部主任的名片，前往鄰縣去要求會見那裡的○○部主任，請他幫忙安排一個教職，要是自己學歷不夠的話，是怎麼樣也羞於前去的，而自己總是認為是個離職的教師想復職而已，一定不會使對方安插職位時傷透腦筋。第一次去正適那位主任公差出去，第二次終於得到會見。他一面拿著我遞給他的名片，一面好像要趕我出來似地，沿著走廊從裡面走到外面。他說：「你是黨員嗎？」我說：「不是。」他一面臉上笑著，一面矛盾地結結巴巴快速地說：「這我不能幫忙。」時間不到二分鐘，一件事很快地得到否定的答案。關於這件事自覺好像受到了愚弄，或不明內裡要進行著事，回來與妻曾有數天的不愉快。友人也知道我的這段經歷，所以他們來通報○○管理局有這樣的機會時，特別對我表明他們的作風很開明。接受友人的建議的理由，也不外是認為這是首府地區，辦事一定非常謹慎公平。要是自己抱著前事會被愚弄和白跑的心理，結果不是這樣，不是要被好意的友人指為偏見所誤嗎？我一口答應接受下來，動身前往辦理登記。

為什麼這種自我的事不容易從記憶中消失，把一顆脆弱的心撫平得到正常的跳動呢？這樣檢討著的結論竟然發現自己是心胸狹窄，志不高、想不遠的普通男子而悲痛不已。一味自溺於這樣的哀咽，不是變成一種懦夫的慰傷嗎？去你的，自己是個七月末旬出生的男人，雖是巨蟹的本質，仍屬於太陽的有創造力的刻度的性格。如把一切遭遇都責怪環境的話，相信也有把環境改善移轉命運的可能。雖然心中常常這樣想像著，卻始終未見機會的來臨，而一直還是讓黑沼沼的環境包圍著。會做一個長遠的奮鬥計劃的人，往往是個百經風霜的懦夫罷。

登記的事既然已經完畢，證件也齊備帶去給他們看了，現在只有好好地在家呆呆地等著通知寄來。這一等居然從九月初等到十月二日，終於接到了一封信。如果以那時度一日算一年的感覺計算，大概約等了二十多年罷。這之間也親自去了二、三次問詢有沒有結果，但那些什麼也不能亂做裁決的科員，一方面必須把科裡的事情保密，因此從他們的口中總是聽不出什麼意思來，也許其中有暗示之處，但自己卻是個愚直的沒有和社會混深的人，只懂得人家說等就乖乖地等，人家說要辦什麼就辦什麼來。

接到那封信實在是高興得把妻抱了起來，但打開一看才知道只是一個開始而已。事過境遷才知道是個到各處奔勞結果還是徒勞無功的開始。重新驗交證件，寫自傳，尤其是寫自傳簡直要挖空自己，而且又得假裝正派的人物才行。連夜寫著自傳，第二天便趕著去接受驗交。今天想起來那天搭車前往竟然是一個決定性的日子，當時是萬萬也料想不到。首府在夏季的天氣實在可以比喻為一個大熱坑，自從服務兵役以來，在二年的膠鞋裡染上了腳趾疾後，至今沒有完全痊癒，試用多種藥膏，還是時好時壞，尤其夏天會嚴重到難以入鞋的地步。那天我便裝，腳穿著白襪，套著輕便的涼鞋（不是拖鞋），便不知好歹地別妻而去。記得妻那天為了我須去驗交證件，沒有去工作在家看孩子等候我。到達科裡會見了數面的課長和科員，不料課長突然引我拜見了科長。當時我幾乎嚇得全身顫抖起來。科長是個出奇莊重和謹慎的壯年男人，他的臉面的陰沉是我一生也不會忘記的印象。他叫我坐在沙發裡等他電話完畢。現在我還能記住幾句他對電話筒說出的話。

「……是的，是的，我不能答應你，如果你能取得廳裡或局裡他們的批文，我便照辦，但是現在已沒有缺了呀……是的，是的……」

當時我一點也聽不出所以然來。他放下電話筒便翻翻我的證件冊，轉過臉來對我問話：

「你來登記是慢了些，我們已經派出去好幾批了。」

他不斷地用他那細小的眼睛看我的臉我的衣服我的鞋子。

「現在沒有缺了怎麼辦？」他說。「山上你要不要去？」

「可以。」我說。

「如果只是代課的話呢？」

「好。」我像飢不擇食般沒有挑剔地一口答應他。他再翻看證件冊，再問我：

「你服務過沒有考績嗎？」

「有，但那些紙張都丟失了。」

「你趕快到服務過的學校拿考績證明來。」

「是的。」

他問我為何離職，我把當初想當畫家追求藝術生涯的事告訴他，但兩年來生活的逼迫不得不想復職減輕妻的負擔。他點點頭再打量我一番，示意要我離去。抄寫了一夜的自傳，加上精神上的興奮，到凌晨二時才入眠，睡了幾小時便醒來，趕到○○管理局是九時左右，所以回轉到家的時間還是當天的早晨十時左右，匆匆告訴妻必須去離首府四十多公里的礦區的小學校，和另一個更遠些約有五十多公里的海邊的小學校，請求再補發考績證明，這樣一說就轉身再從斗室的家裡奔到街上來。像這樣的時刻，去吻妻的唇和吻孩子臉頰的事是一定沒有的。相信妻看到我這種情形一定比我更加的操心，這是一定可以確信的。像這樣的時刻，妻的眼睛望著我的表情，是我一生難以忘懷的。

走在街道上，外面十月的陽光光明地照耀著，使我的雙眼瞇閉了起來，打從商店櫥窗經過，暗綠的玻璃映著自己一張萎縮不開朗的面目。袋子裡是妻幾日來的收入，將要在那未知結果的旅程中花去，感激妻的辛苦的愛情從心底裡湧現出來，居然潮濕著眼眶。心中同時懊悔著最初當小學教師時那份輕卑的心情，以致那些紙張，除了一紙師範藝術科的畢業證書外，一概隨著離職的決心和行動全都丟棄。幾年來男子氣的豪壯之情，轉換到今日居然成了易碎的傷心；要是對人說出來，實在是非常不光彩也不體面的事。走到首府的公路車站，看時間已經十一時過一刻，想到生活的辛酸，竟然毫不知覺地從家走了那麼長遠的路。看到被人數廣眾所佔滿的車站，實在氣餒得不得了。自己著裝隨便，與他們有點氣派的外表到底有什麼不同呢？這樣的疑問著。如有發現服裝較差的人，或是乞丐之類的人物，總是仔細地觀察著他們的行止和表情。買了票站在一條人蛇般的隊裡候車，再度想到妻的錢在袋子裡，於是午飯的事便想辦法把它擱置腦後。上車後，最切身的事，是昔日在那個礦區的種種感情湧上了心頭。

向前行 不再回轉

坐在不是人力而是由機器推動向前的所謂汽車，是有種離心的感覺，心裡的模樣因為這種離心作用大大地改變了。但是畢竟不是那種旅行的人的輕鬆愉快的心情。此刻自己是身負一項切身的任務，搭車前往目的地——礦區的小學校。兩年前和今天前往縣府的旅程，居然不約而同地疊印了起來，有著不願回轉的心思，把目的地（無論是縣府或礦區的小學校）推遠到永不能到達的所在。這些目的地像是仇人一樣地不願相見的。把自己從生活的責任中跳出來，永遠不要再回來。這種脫逃現狀生活的心思，居然把最重要的對妻的愛情推到像看不見的一旁。那些每日在報章上被登載的，斷然拋棄了妻和子女或離開了丈夫和子女，而走往到某個不被尋獲的地域的人的心情，不是不容易體會到那種酸楚的滋味。這樣的人居然還被人們稱為「無情的人」或禽獸不如的謾罵，想想把這樣的名稱武斷地加在這些人的身上，一定是少數初出茅廬沒有生活經驗的無知的新聞記者罷。那些由鄉下湧到城市來的工人，大部份是這樣的人，每當夜晚躺在鋪地的蓆上，從心底裡便會升起一股對遠離在家鄉的妻和子的懷念。他們有時會去買醉幹些荒唐事，實在是多麼值得人的同情啊。這是在繁華的城市擁有房舍和得到保障的職業的人所畏懼的人間的痛苦。可是大部份還有定時回鄉或把所得的勞資寄回去，去抵償分離的苦痛。至於那些斷然不會再有音訊傳到家鄉的人，他們的痛苦大概可以稱為深淵的深淵，痛苦裡的痛苦罷。甚至也可以到處看到一些像是在這裡生根，而心底裡仍然還懷念著遙遠的國土的人，他們心中有另一番不能言喻的滋味，不是這種人，永遠體會不出來，他們外表樂觀奮鬥，內心恐怕是絕望也說不定。這到底要責怪誰呢？

因此坐在這部有著離心力作用，使人產生輕鬆感覺的車子，我並沒有像一個旅遊者一樣喜歡到那個目的地——無論礦區的小學校或縣府，我希望車子永不停地駛，也永遠沒有到達目的地這件事。

礦區的小學校是我有生第一次與一位年輕美麗的女子發生強烈的戀愛的所在，因此我抗拒著再到那個地方去；它是我第一次當小學教師的所在，因此我抗拒著再到那個地方去；它是我首次面對社會的面目的所在，因此我抗拒著再到那個地方去；它是第一次發現有我的存在感覺的所在，因此我極力抗拒著再到那個地方去。啊，礦區的小學校，你在我的心中已經死亡，但是我現在坐在一部不情願乘坐的車子駛往你那裡。只有在睡夢中，礦區的小學校才再度令我感到狂喜；也惟有在睡夢中，才不致令我神傷。可是現在我坐在一部不情願乘坐的車子駛向那裡，去面對那裡的熟悉的陌生人。

像這樣不情願做的事，卻有非去面對不可的情勢，僅僅只是去要求一張考績證明書，沒有人相信我會勾起這般如赴跳傘的恐懼；如果當時就向科長說出這等長度的感情，一定會遭到他的嚴重的誤解。

○○縣○○鎮○○國民小學用箋

證明書

查本校前教員盧義正自民國四十八年八月一日起至五十一年九月一日止在本校服務期間各學年度考績分列於後：

學年度	考績等第	考核總分	備註
四十八	貳	72	
四十九	貳	76	
五十	參	69	

此證

校長○○○

中華民國五十七年十月三日

眾所周知，考壹等八十分以上是親近校長的教師的份，而且不能超過全體教職員三分之一的人數；考貳等是本份已經做到，沒有話說；考參等，一定是發生了重大的事故。我站在旁邊默默地望著礦區的小學校那位教導主任伏在桌上抄寫著證明書，當他寫到五十年度考列等第參、考核總分之後，就停下沒有繼續再寫，抬起一對非常懂得別人心理的慈善的眼睛望著我，終於沒把記大過一次填寫在備註欄裡，在下一行寫著此證兩字。

發生什麼事在那個礦區的小學校服務的第三年會記大過一次呢？是對女學童過份親熱嗎？還是花光代辦費呢？都不是。那麼為什麼呢？年輕氣盛，向一位同事揮了一拳；一拳一大過有些過份罷？實在不願再去申訴什麼理由，第一句話就對那位來調查的督學招認了這件事。事後勇於負責並沒有獲得一般的諒解。那一拳不管打重打輕總是一拳。據說女教師都發出有名的女高音也難於唱出的尖音；也有人說被打的人流了鼻血；也有人說他哭了。到底因什麼事要揮那一拳？是他先把茶杯當石頭猛力敲打桌子，這有什麼關係，是的，平時誰會去理睬他這種放肆的作為呢，那麼是什麼時候？還不是開校務會議的時候。告訴他別這樣做不是得了嗎？我坐在他的鄰座已經勸了他好幾次。是不是和他先有發生意見的爭執？我在開會從來不發言怎麼會去和他發生意見的衝突呢！那麼他和什麼人動氣？還不是和眾矢之的校長。是和校長的話就讓他去發洩也應該。玻璃碎片都幾乎飛到眼睛裡來了，勸他不要這樣敲杯子，要罵校長儘管大聲罵個痛快，他居然轉罵到我身上來，什麼校長的走狗了，這樣令人不能忍受的不白之冤的話，突然加在頭上來，於是站起來一拳向他的嘴巴推過去。豆腐做的也不會流血，據說他平時猛吃補藥，所以往他的皮上一摸，血就奔流出來了。在那個時期做個校長實在也不簡單，每天的早會都有人起來攻擊幾句，何況是校務會議，簡直成了四面楚歌的場面。

記過就記過，當時接到記過的通知，一點也不傷心氣憤，別人怎樣地說這對將來會大有影響的警告，也不去理睬，因為自己總是那種想法與人不同的性格的人。當時在礦區的小學校生活，是什麼身外物都不關心的，除了愛繪畫，愛那個有著一對明亮的黑眼珠的女子。薪水是賺一個月花一個月，把鈔票裝在硬皮的信封裡，用一隻圖釘按在書桌邊。這個祕密只有我和她兩個人知道；她會在白天我到校上班的時候，溜進我的房子，然後從信封裡抽去一張或二張鈔票。我總是希望她多抽幾張，但是高中剛畢業的她，用錢還是很謹慎。可是有一次，我發現她一次拿去約三分之一而嚇了一大跳，但馬上由她親口來對我說是買了新衣服反而高興起來。

考績證明總算拿到，今天的任務已經完成了一半，還有一半須待自己再趕到那個海邊的小學校。想想上車前來這個礦區的小學校的途中，心中是萬般的不情願，可是事情辦完竟站在操場的沿邊，觀望這一帶本是熟透了的風景。學校是座落在高處，我的位置正好能夠清清楚楚地看到這個優秀的山丘的村落的任何一處。要是此刻自己依然生活在此地多麼好，竟不禁這樣在內心喟嘆著，現在反而不情願離開都做不到了。清晰地聽到自己的心臟快速地撞跳，實實在在想哭泣起來。突然背後傳來呼叫：「義正，義正！」兩聲細嫩的音節，回身一看原來是昔日的同事好朋友明榮兄。

「什麼時候來，為何不先寫信通知一下？」

「來時是午間，只有教導和校長在。」

「抱歉，我回家吃飯，你吃了沒有？」

「吃過了，吃過了。」

「你今天來正好認領一件東西。」

「我還有什麼東西留在這裡？」

「你到禮堂的倉庫來看就知道了，去年清理倉庫，才發現到它，卻一直沒有打聽到你的地址，你現在到底在什麼地方高就？」

「不瞞好朋友，已經多年沒教書了。」
「恭喜，恭喜，當教員像當妓女能跳出這個火坑最好，還是你有辦法，早就料到的事，像你這樣有才能的人，是應該去闖闖天下的，我是沒有這種本領，只有死待在這裡。」
多年沒有信息往來，難怪他這樣說。自己的內心反被他無意的中傷勾起一陣一陣的哀愁，自己緊緊地咬著牙根，一隻手搭在他的肩上。
「請你別再說下去。」
「到底怎麼一回事？」
「我今天來是來拿考績證明，準備再……」
說話突然中止。原來是一個裝奶粉的紙箱，可以認得出來確實是自己的。可是不明白裡面放了一些什麼東西，完全想不起來。解開那條縛成十字形的細麻繩，明榮兄又用他特有的柔細的聲音叫起來：
「豐富的財產呢！」
自己也不得不笑了起來。可是心裡卻變得非常非常的嚴肅，一睹那些有點霉味的紙張，愁緒再度糾結起來。裡面是一大堆八開紙的水彩畫，一本惠特曼詩集，一束信件，隨便翻翻才知道全都是遇到那位女郎時期的創作，以現在的目光審查，都是不能上眼的劣品，於是又隨便把它塞回去，將那條細麻繩再縛成十字形。
「我還要到另一處去，這些笨重東西不方便帶在身邊……」
至此明榮兄大概已經瞭解到我的不如意的狀況罷。

「你給我地址，我替你寄郵便去。」他說。

此刻自己的心情萬分感激著這位誠意十足的好朋友，於是匆匆寫下地址遞到他的手裡，便離開了那個礦區的小學校。

這兩部同樣載著我的車子，因為換回了時間的作用，彷彿成了相疊的影像並進，到底現在的我是坐著那部駛往海邊的小學校的車子，還是坐著駛往縣府的車子，大概自己是一個人化成兩份罷，不然也是跳來跳去，輪番一會兒坐那部，一會兒坐這部。那位頗為專心開車的司機，大概認為我仰靠睡了，因此他從駕駛台抽取香煙的時候，從鏡子看我一眼，就自個兒燃起來。我是個沒有抽煙嗜好的人，他的舉動一點兒也不引誘我。我繼續仰躺著，身軀是在這部駛往縣府的車子裡，但另一個不容忽視的我，卻在那部駛往海邊的小學校的汽車裡。

三個年頭在那個礦區的小學校度過，算是償還了國家培育的恩澤，但並沒有硬性規定調換另個地方服務，要是我沒有提出申請調動，便表示我想繼續在原地工作，但是如我想離開而提出申請調校，也沒有那麼容易就可以調成。這是凡是教員皆眾所周知的事。這樣看來像是派任制有調節人事的優點，可是也同時限制教師自由選擇工作環境，終以怠慢教學來反抗的劣點。一切事物再沒有比剝奪自由一事更能發生不良的作用。環境的優劣因人的性質而定，就像城市和鄉村孰好孰壞之辯的難以定論一樣。而教育事業再沒有比學校的校長和教師間的通力合作更重要了。派任制之造成互相猜疑和互相爭鬭，且產生工作的苦悶情緒是最大的弊害。教師們的互異的才能也因派任制而得不到調節和發揮。據說派任制的存在是為防杜校長的權力過大而有額外的收入，但是派任制依然有主權機關人員的紅包的額外收入。長期實施派任制以來，人性變成得過且過，只有活命而沒有理想。聘任制的制度廣及全世界，且上至大學下至小學幼稚園，均通行有著長遠的歷史，當初實施派任制延續日本統治時代的措施，想來便明瞭不是因地區的特殊情形，而是為了爭權奪利的緣故。沒有人能否認真理是來自體驗而不是杜撰的事實罷；真理總是擺在眼前，毋庸去為私心爭辯。

我是一點也不情願離開那個礦區的小學校而到他地去工作生活，是這樣的一張沒有說明原因等於莫名其妙的命令，突然要我離開的：

> ## 〇〇縣政府令
>
> (51) 828 〇府文人一字第87423號
>
> 令〇〇國民學校教員盧義正茲調該員充任〇〇國民學校教員暫支月薪壹佰陸拾元。
>
> 此令
>
> 縣長〇〇〇

到底是因為揮拳記過的事成份居多，還是那裡愛管閒事的議員、代表之類的人物，不順眼一個他鄉來的男人把他們的美麗公主佔有的成份居多？有人說兩者的成份都有。當初長山過來的人不是遇到難以娶到太太的情形嗎？可見地域的觀念還是非常的濃重。想起那時也花去了不少錢，身邊無半點積蓄，而現在快樂何在，不禁感傷不已；我要求美麗的黑眼珠的她和我一起走，她拒絕了，我明白自己在礦區的小學校的一切生活就此完全結束了。當時從首府的師範學校畢業，隻身的來，現在也隻身的離開，只留下永遠難以補償的愁悵。

記得調到那個海邊的小學校的第一個印象，非常意外地就看到一個愛飲酒醉、動用了公款被調職的校長的哭哭啼啼的場面；因為是歡迎新來的教師，同時也是歡送調走的校長的宴席，當然他在這樣的機會還是不放過飲醉耍寶一番。

別了明榮兄趕到海邊的小學校的時候，大約是下午四時左右的光景。這是一顆非常焦急的心才能趕到的最快速度，路程是經過瑞芳到基隆，再由基隆搭公路局車趕到的。黃昏美景的序幕已經罩在海洋上廣闊的天宇。我預計要是順利拿到考績證明的話，當夜趕回首府，明天就可以到〇〇管理局，一切便OK了。這樣想著等於增加了此刻的焦急。急步要踏進學校，啊，是放學的時候，和逆行過來如潮流的小學生擁擠在校門口。兩位學校的主管都在，卻是自己從來也不認識的人；幾年前自己在此服務的那位校長和教導主任都調走了。我對那位眼睛上方有著兩道粗眉的教導主任說明來意，他的不耐煩的態度頗使我擔心。

「你是幾年到幾年在此服務的？」

「五十一年九月至五十四年十二月。」

「五十五以前的教師考績存冊都沒有。」

「為什麼呢？」

「五十五年調動交接時並沒有辦理交接手續，至今也不知道它們放在那裡，現在學校有的是我來後五十五年度以後的考績。」

簡直是胡說，自己心裡這樣想著。他帶我去見那位非常矮小的校長，看他們急於要下班回家的樣子，又是這等令人沮喪的話，那時的心境大概只有天下和我同等遭遇的人才能體會出來的罷。校長揮手叫我親自到縣府去抄一份。

翌日去縣府，人事室那位鐵板面孔的小姐說：教師的考績證明一概由學校自發，縣府不辦這等瑣碎事務。記得當時自己是小聲地告訴那位小姐，是因為遭遇到那樣的事，特別來請求的；不說還好，說了竟引起她抬高頭顱來另眼相看。我一再低頭請求的時候，她站起來，態度像要對一個糾纏不已的求婚者下逐客令。人事室的全體職員都轉身來看我，我看出大部份都是黃黃的女性面孔，只有知難而退。

我到〇〇管理局去回稟這一件事，就如我所擔心一樣沒有被瞭解和相信，看了看那張有一年是參等考核的證明，更加深他們的猜疑。自己在他們的面前竟然成為一個企圖想瞞騙他們的拙笨的說謊者。我記得當時曾經表示，無論如何也要努力再去取得海邊的小學校的考績證明來澄清這個事實。想讓他們從我的離職書中去證明也沒有受到採納。沒有那一份考績證明就不能分派嗎？不能就是不能，他們居然認定我是個有問題的人物。

友人在自己六蓆大還堆放簡單家具的房間裡也變得緘默起來。想來那個在自己時運不濟的時候，出世做為我的孩子的男嬰，是唯一真正的幸福者；這個男孩特別獲得我的友人的好感，在這樣的時候友人為了撫慰我，而轉去關心那個男孩；每次來看我，總是奶粉的、餅乾的，假藉的名堂也特別多，竟使我都難為情起來。

友人的意見像諸葛亮般誠懇而高明地獻給我。〇〇管理局的這番誤解是非澄清不可的，沒有獲得復職是另一回事，把誤解的事澄清是做人的態度。雖是這樣立下決心，但為我去奔走這件事的友人始終沒有得手，可見他們已盡了最大的力量，心中對他們一直感激不已。

假定自己過去是個不肖的教師罷，○○管理局的教育科並沒有伸出寬容的手讓我去緊握它。他們辦事謹慎固然是謹慎，卻冷酷得近乎無情的面目呢。推理起來，他們也是一些漠視情理的辦事者，而這種人一定也會做出過份放情的事來，把許多空缺的教職，只准在家放閒的女性親戚和友朋來填補。

就這樣持心等候復職已經無用，把希望拂開，回到自己屈辱的生活中來。是的，一個人生不逢時，時運不濟的時候，當然也陰陽倒錯。回憶海邊的小學校附近海岬的怪石，和雲彩滿佈的天空，常常構成難以形容的奇景，顯示著各式各樣至真離奇的心象。不知道為什麼自己總是不喜歡那個地方，當然一定是自己個人主見觀感的因素。

其實自己在那個海邊的小學校，時間是從五十一年九月至五十四年十二月，可是真正生活在那裡合算起來也不過是一年有餘，中間足足的兩年是生活在軍營裡，因此也就沒有像在礦區的小學那樣深入地將感情投入在那裡的風土。那些自然的美景一天一式，至今回憶起來也沒有印象特別深重的，這一定是身在那裡而心不在那裡。自己往後的運途在那個海邊的小學校生活的期間醞釀的，大概是沒有錯。

記得自己剛調到那裡不久，第一件事是取得了教育廳發下的教師合格證：

台灣省國民學校教師證書

國登字第123355號

茲登記　盧義正　為國民學校

高級級任　教師　此證

台灣省政府教育廳廳長

兼國民學校教師登記及檢定委員會主任委員　劉真

照片

中華民國五十一年九月　日

這一張紙對別人說恐怕是非常的至寶，但是自己接到它時，實在說不出有什麼特別興奮的心情。這足證在那時已經有點看輕教師這一門職業；在那裡缺乏一種專業的精神，許多因素是自己已經注意到了教育上的虛敗現象；許多延續了頗久的不健全的方針不談，在那時第一次看到新增加進來的一項危機；那就是被派來鄉村的師專畢業生的狂大和不滿現實的姿容。這種原因當然不外是他們想和真正的大學生比價。自己是個舊師範畢業的教師，看來好像比他們多佔了一點便宜。他們是不會體諒政府想提高教師素質的措施。

那年十月中旬我便應徵入伍，國校界的實際情形便突然斷去了瞭解。再從軍營回到海邊的小學校，已經是經過兩年之後。這個世界是分秒都在改變的，何況兩年，但海邊的小學校給我的感覺是相同的，有什麼進步之處也許一時看不出來，但一眼便清楚地看到大部份的校舍都圍著鐵絲網，禁止學生出入，牌子寫著危險教室，校長像導遊者對視察的人指出牆上龜裂的痕跡。

自己自認從兩年的軍營回來是完全變了另一個人，不知道為了什麼緣故，從小頂不喜歡看書的人，竟然在那兩年中讀了將近半百的專門書籍。在那個海邊的小學校最後生活的一年時光中，做夢的日子比清醒的日子居多。居然愛上了歌妓，只好拋棄了原配夫人罷，是這般情緒下定了決心，飽經風霜的校長也嚇了一跳，好端端地在這裡服務的人，突然說不幹了。

「天下烏鴉一般黑，走到那裡都是那麼回事。」記得他這般真誠的挽留著我說。

「請你不要誤會，是自己的興趣轉了方向。」

「天下間沒有得志的人，義正。」

他又下了斷語投過來，畢竟自己和他是相處很和諧的人，才能聽到這種珍貴的勸告。

「我已經下定決心了……」

「再去考慮，今天不要和你談這個問題。」

「已經想了很多很多的時間了。」

「再想一些時候，義正。」

大概是再想了一個月罷，正好得了急性盲腸炎住在醫院裡。從醫院出來，心裡無論怎樣總是抗拒地再回到海邊的小學校。

「既然要走，我們要歡送你。」校長說。

「不要，不要，校長。」

「不行，一定要接受。」

「今天一定要回去首府面妻。」

與妻認識是在軍旅中，退伍後即公證結婚，要離職的事是和她討論多次的結論，不料事後才知都是涉世不深的天真的人。

「來得及，那麼隨便來填個離職書罷。」

○○縣○○鄉○○國民學校教職員離職證明書

○國○離字第○二○號

離職人現職	教員	姓名	盧義正	性別	男	年齡	二六	籍貫	台灣省苗栗縣
到差日期	民國五十一年九月一日					離職日期	民國五十四年十二月一日		
最後薪額	新台幣壹佰捌拾元					備註			

右給　盧　義　正　收執

○○縣
○○鄉
○○國民學校校長　余　慶　龍

職章

中華民國五十四年十二月　日

這等勇氣的離職，實在是對全面生活之缺乏瞭解，對自己缺少客觀的認識，悔恨莫及是最終的代價。

車子突然顛跳起來，我從躺靠的假眠中把身子坐直，睜開眼從擋風玻璃看出去，原來是一條兩旁直立著油加里樹的石子路面，這一定是司機先前說的四公里長的石子路。我瞥一眼時速表，已經降到二十至三十公里之間了，但遇到有陷坑的路段，料想又會減速。這條路可以看得出被多量的雨水洗過的跡象。

「你說你是本鄉的人，以前沒有看過，是住在城市的罷？」司機突然開腔問我。

「小時就在城市讀書，才回來幾個月而已。」

「準備長住下來嗎？」

「是的，但說不定。」

「你幹那一行，我猜猜看，是老師。」

「你猜到了，從那一點看出來的？」

「做老師的和別人都不一樣。」

「這一點我不能同意你。」

「是回到本鄉的學校罷？」

「想是這樣想，不過……」

「當老師是太好了，今年薪水又提高很多。」

「恐怕物價也會跟著漲罷。」

「那是一定的，最苦的是勞動做工的人。」

「你們開車的是最好的了。」

「好是好一點，可是辛苦得很，沒有時間性，有時半夜也要走。」

車子左轉上坡，像這種石子路還要上坡，當然車速是更緩慢了。通過一座狹長的水泥橋，一看便知道前兩天水量一定很大，今天已經露出了變樣的河床。有數位當地的人依靠在橋柵眺望。車子滑行了幾十公尺便轉了方向，駛在一條呈藍色的柏油路上，從此又恢復平穩，速度也加快起來。

「到縣府不會超過十一點四十分。」司機看了他的表對我說。

「是不是馬上可以辦完，轉回來？要是可以我便等候你。」他又說。

「不知道。」我說。

「回程既然不趕時間，我再招攬二、三位乘客，便給你免費乘坐。」

「不過可能還有耽擱。」我想了一下又說：「到了縣府你等我十分鐘，我沒有出來，你便開走好了。」

遇到一位這樣和藹可親的本鄉人是多麼感到高興，可是志趣上，不，職業上兩相差異，不能常在一起，實在是多麼遺憾。

○○縣政府令

59 9 21 ○府文人四字第066661號

茲核定：

姓名	原任職務	動態	新任職務	暫支薪額	備註
盧義正		委派	○○鄉○○國民小學教員	一八○元	

縣長　○○○

復職之事終於如願以償。

山像隻怪獸

一

我從不失信生活中的任何微細的承諾；當我走進廣場抬頭望著火車站的鐘樓，時刻是下午二時差七分鐘。雖是春天的季節，天氣是無法想像的悶熱。我把外套掛在手臂上走過人潮擁擠的火車站走廊，前面迷你褲下的一雙均勻的美腿引誘著我，它在人羣間的隙縫裸露著，我有些奇怪，無論如何無法趕上或近前那雙緩慢擺動的雪白的腿。我想看到那位擁有這樣優美的雙腿的女人的臉孔，卻看著她的背影走進火車站大門，消失在聳立和密集的人羣裡。我走向走廊那一頭的鐵路餐廳，意外地看到餐廳的玻璃門敞開著，人們川流不息地走進走出，失掉它在夏季緊閉著玻璃門的高尚模樣，那印象一直保留著許多年，現在覺得它十分可鄙，由於擁擠，舉目四望都覺得毫無秩序和標準；人們的面孔不是高興之色，為等待而煩悶的苦惱所取代。價目表陳舊和骯髒，但我發現價錢已經塗改；我的腦中馬上閃過一年來的物價上漲情形，覺得到處充滿勢利而卻又毫無改善的面目。我走進去，站在室中環視一周，對每一個座位的人注視，但沒有任何發現，反而印著非常窒悶的感覺走出來，覺得外面的空氣要暢流許多。我想羅倫和她要帶來一起旅行的朋友歐陽劍芬沒有早到。

我又沿走廊走過去，因為廁所設在另外的一邊，正好和鐵路餐廳分佔兩個盡頭。不是去吃東西，就是去解手，這兩者間連通著一條很長的廊道。我想羅倫和她的朋友歐陽劍芬能早到定會使我驚喜，但這幾年來我從未獲得這種奢望。我和羅倫保持斷斷續續的往來，這之間有一個長達四年的完全斷絕，直到去年我和她又恢復通信；我住在中部的鄉村，羅倫依然住在她生根的北部城市。羅倫一直表示能和我住到深山去的願望，過著隱居和簡樸的生活，但我不得不駁斥她這種對幻想生活的嚮往，羅倫如離開城市的生活便只有趨向死亡。當我表示這種見解時，她的端莊的面龐呈現出哀怨的色彩。這一次會面對我來說依然充滿矛盾的心理；我雖喜歡見到羅倫，但又擔心會見她。

當我再從火車站正門走過時，原已忘掉那位穿迷你褲裸著雪白的長腿穿著高木屐似的鞋子的女郎，這一次卻讓我瞧見了她的側面；她從我的面前扭過，走向廣場停放的一部綠色轎車，那裡有幾位俗氣的男人等著她，原來她也十分俗氣，肌膚雖很潔白細嫩，但態度卻十分的炫耀，那種缺乏教養的嬌嗔之氣充滿在那張平庸的圓臉上，我再由她的背後望著那除臀部外赤裸的雙腿一眼，心裡頗覺遺憾，便毫不流連地走開。這是一件在等待羅倫和她的朋友歐陽劍芬時的掃興事。我總喜歡看到這個世界的美麗和均衡，以及外表和內在的統一諧合，但是一切的顯示總是有些缺德和窩囊。此時正值四月，天氣實在不應該那麼悶熱。

二

老柯：

我和我的好友歐陽劍芬和她的男友決定搭乘六日（星期六）上午十一時的對號快車從台北出發，到台中的時刻是下午二時左右。希望能見到你，請你務必在鐵路餐廳等候我們。如果改變車次或行車的延誤，也必須等候我們到來，你知道我是多麼盼望見到你，就是這樣。

F・羅倫

這是前幾天羅倫給我的信。我回到鐵路餐廳，做忠誠的等候。我沒有帶表，也沒有再看時鐘，但時間已差不多了，正是應該端坐在位子上等候她們降臨的時候。我把灰色外套放在一張空椅上，走到櫃台買一杯飲料，我付十二元買一杯橙汁，走回時把票券交給一位交臂而過的男侍應生，用手指著我放外套的那張桌子。但是桌子已經被三位矮胖的男女佔住了，我把上衣拿起來轉到最裡面的一張長桌去，那裡早有一對年輕的男女斜角地坐著，我在另一邊坐下，正面對玻璃窗外火車站月台的出口地方。我想：在這裡望見羅倫和她的朋友通過出口是件意想不到的賞心的快事；這是一個可以很旁觀地觀察羅倫之處，也可以看到她的朋友歐陽劍芬是怎樣的模樣；凡事有預先的觀感總比突然而來較易對付。

在等待的時候我傾聽著對面男女的交談。那位臉色蒼白頭上蓄留長髮的青年時時對我投來慎戒的眼光，而那位碩壯端莊的女子卻只注視著對方，臉上掛著故意的笑容吐露一些違心的話語，其中有一句頗引起我的注意，她說：「我從不管別人如何觀感，我好就好，管他人死掉。」這當然不是指我說，而是指著他們生活中的事。我好奇地審視她一番，才發現是個已經懷孕的女人，從她那健壯的神色，我以為她不是如她說出那種話的一般女子。她的笑容也就告訴別人她實在不是那樣；可是我想：她也許就是那樣。實在賭不定她到底如何，一時我突然迷失了判別的能力。他們交談有關工廠和做工的種種事情，他們實在是新的一代，其生活情感也許如她所說出的那種冷酷的結論。我所曾交往和結識過的女人中，從來沒有遇到像這位懷孕的女人那樣坦率的；我根本沒有機會邂逅這種本能強烈的女子；我的妻子雖沒有進過高等學府，也沒有進過工廠做工，是屬於家庭的維繫舊式情感的那種溫馴的典型；在這樣的新時代中，二十歲左右的女人要比三十歲以上的女人更能適應環境，也更享有自由和發言；我想我的妻子算是被時代的陰影掩蓋下的挫敗者，只能在她的日子中守護家庭和子女，她的腦中有宿命的意識，這使我在邁向前程的時光中產生徬徨，讓我獨自去做我所要做的事，讓我想到我所要的恩典，但她永遠不能與我步履一致，不能參與我的工作，不能與我做思想的交談，而這樣的兩種世界竟然結合在一起豈非怪事？會形成這樣的情勢，既不能奇怪我的性情的多變，也不能嘲笑她的愚蠢；我們之間曾經過一場辛酸的掙扎和折磨，現在則安於繭狀的日子，互守自我承諾的義務，一切都趨於平淡和乏味。我的生命像是一隻蝴蝶，展翅於山坡廣闊的空間。我突然向對面的蒼白青年投以憐憫的眼色，我想：在這新的男女互爭的時代中，他必將是屬於弱者，當女性走出家庭邁向工廠之時，男性已失去過去所扮演的尊嚴角色，像蜜蜂和螞蟻的社會，雄性看來無比的滑稽和可憐。我又想：但願不要這樣，這種跡象或者會及時挽救回來。

我繼續觀察，那位看來也必定是個工人的青年，這時從放在桌上的煙盒取出香煙，他的舉動正如我所感想的，只有在衣著和吸煙的動作上，他才有那種男性的本色，但他的語聲和那蒼白的臉孔，正顯示他內在的懦弱。他們留給我的印象非常深刻。這一切不在話下。侍者姍姍來遲把橙汁端來，正好潤滋乾燥的口喉。

月台上數分鐘前除了少數人走來走去外，現在漸漸充滿站立候車的人。時間必定超過了，但羅倫和她的朋友所乘坐的對號快車並未進站。在這之間，別的月台有二部火車由南駛來，下車出站的旅客在這數分鐘走光了。我的視線穿過玻璃窗，預定在某個地點來觀看羅倫和歐陽劍芬。上個月在台北的一次會面，羅倫曾約略談到歐陽劍芬。現在我又在對那位未曾謀面的婦人產生著諸種想像，我唯一害怕的是她會比羅倫漂亮，我也害怕那位陪她旅行的男士的一切要比我優越，為這些事，我頓感憂患重重。羅倫對我所描述的歐陽劍芬的現狀和過去，在當時沒有，現在卻使我為自己焦慮。羅倫說歐陽劍芬剛由美國回來，她的丈夫在哥倫比亞大學任教，可是他們之間現在有了問題，因為鮑治平時沉默寡言，甚少和她交談同樂；羅倫說他們已經相處十四年，在台灣大學時是同一個科系，同進哲學研究所，到美國後，歐陽劍芬做事讓鮑治完成學業取得博士學位，而現在他們有了問題。對這些描述我當時覺得味同嚼蠟。羅倫那時沒有安排我和初回台灣的歐陽劍芬見面實在是一大幸事。直到她通知我她們要來台中到日月潭旅行才使我再想起這些事。為什麼現在的所有婚姻都有問題？我想，像羅倫自己，一切都不如意。這個時代為什麼那麼讓人不快樂？在世界的任何之處是如此，對於思想、行為、體制和規律是不是需要通盤的重新釐定和改革？在這樣的世代中，誰是快樂的人？上帝雖被判決死亡，可是人類為何還是那麼愚蠢和紛擾不安？高漢是誰？那是七等生的癡人說夢。我想：這類問題是永遠不會有結論。哲學家既不為婚姻下定義，他們根本上也輕視婚姻的事。

三

我無法想像歐陽劍芬是怎樣的女人，但我曾讀過鮑治的有關哲學邏輯的著作；我想一個在十四年間長期陪伴一個內心嚴肅的男人的女人，一定有她的獨特的夢想和苦心的行動。祇有從這點去探測她形貌以外的質素。但這點頗使我的內心感到顫慄，把她想像成一個十分完美的女人。我充滿對女人的想像，無論從任何角度我對於這個世界的女人都有幾近喪心病狂的指望，從我的夢想和接受誘惑出發直落到我最後的失望。但丁說：絕望是最大的罪惡；我的心常臨近這個邊緣。我存在與活下去是居於內心永不懈怠的盼望，屢次由挫折中站起來，且堅信我擁有的信心。羅倫看清我這一點，把我當為精神的信仰；她想依附我，佔有我，而我卻不得不拒絕這種最終會失去自由的束縛，在我的理念中，這個世界便是一個完整的女人，而沒有千千萬萬個別的女人；所有的事物都只是我個人的理念。我曾清清楚楚地對羅倫表示過：我的生命所追求的理想可能是一個完美的女人，如果沒有這樣的一個象徵，也會是存在於某種事物的真理。我是個活生生的血肉之軀，我必須忠誠服從內在的血脈的跳動，除了這，沒有其他違背意志的生存。羅倫宣佈世界上沒有我所盼望追求的所謂完美的女人；她認為男人都不完整，為何指望女人完美，但是我心意甚決，就如保羅所言：我們得救是在乎盼望。我與羅倫便這樣地戰鬪起來，演著我們之間的智力競賽。要非我稟性中有抱持原則的鎮定，否則面對羅倫早已崩潰於無形了。

在瞬息之刻，一位高大英俊的青年，穿著異常整齊的服裝，態度文雅而莊重地由餐廳門口直接走向我來；我抬頭欣賞他，也甚感驚慌。他的容貌體格和顯露的教養，是新世代充滿希望和樂觀的象徵，與其比較，在這樣的形態上而言，我老柯是遜色多了。我嘆服對方的年輕和高大。我將近四十歲但長期生活的打擊已經使我自主的規劃了未來有限的時光。

「他是不是就是他？」我想。

他是不是歐陽劍芬在台灣的男伴，我竟然十分幼稚且百分老練的妒嫉起來，但那位青年選擇我背後的一個位置，正好與我相背。我側身瞥望那青年脫下上衣，卻沒有在他臉上看出他對室內窒悶的空氣的煩厭。對這點我頓感慚愧。我又看著他以溫和的態度走到櫃台買他需要的東西。他是否也像我來此忠誠的等候，而他晚來些卻顯得更從容適當，因為火車始終未到。我回望月台。覺得那麼多人都沒有很好的站姿，他們甚少移動，只呆板地守著他們站立的位置。

「他不是，」我想。「他是又如何？」

只有等候羅倫和歐陽劍芬的到來才能證明。我常自鏡中端視自己，無需對身外的事物強加比較而產生恐懼。他當然不是，羅倫信裡明白表示他們一齊來，這整個完全是我心裡的幻覺。這時火車緩緩地進站，我看到火車頭出現又滑出我的視線，車廂所示的標誌，無疑是這部車，她們將到來，為這部火車所帶來，羅倫和她的朋友歐陽劍芬一定是乘坐這班車，憑我的感覺她們是。那背後的青年是誰我已經把他出拋腦外。我看到月台上的人突然激動起來擁擠到各車廂的門口，下車和上車的人混合在一起，有些人已經通過出口而去，後面又有一簇一簇的人，我在預先準備的視線地點看到羅倫了，後面跟著一位身材略高她的婦人，她們的肩膀垂掛著皮包，手中提著布袋。我靜靜地坐著，把兩指間的香煙放在煙灰缸。

羅倫全身很有情調地走進鐵路餐廳，她在進門後便張望著，但馬上見到我向她招手。她吐了一口氣，這一點我清楚而熟悉地看到了。我迎上去接住羅倫的手提袋，當我朝她的後面注視，我像見到一具骷髏那麼靜默而可怖的臉孔，那張臉的氣氛是如此地淡默而無情。我轉身把手提袋放在一張空椅上，羅倫急於要把尾隨著她的人介紹給我。她總是那麼快速和性急，這完全是她的個性。

「她是我的好朋友歐陽劍芬。」

我愉快地傾聽羅倫這樣說。我這一次才清楚地辨識到她的鼻子很小，雙頰凸出而構成我剛才不可磨滅的印象。

「這是我所說到的柯。」羅倫對她說。

我和她相視點頭，但她並不表示喜悅也沒有笑容，把一本手中的書放在桌子上，坐下後只是搖頭感嘆她的眼睛。她從手提包裡拿出一隻光亮精巧的白鐵盒子，打開它，把頭俯下來照著盒蓋裡的一片小鏡子，她又哀嘆地把隱形眼鏡取下來，小心地用食指頭的肉貼著小薄片放在盒子裡，並解釋說：

「已經超過四小時了。」似乎只對羅倫。

「妳戴隱形眼鏡有多久了？」我開口問她。

「還不到四星期。」她抬起頭來。

「在台灣？」

「是的，在台灣才開始戴隱形眼鏡。」

羅倫說：「車子慢分了。」

「你等多久了？」羅倫問我。

「我二點鐘前到這裡。」

「你不在乎是不是？」

她在桌下握住我的手，當有另外的人在場時，這樣做已經成了她的習慣。

「人太多了，我討厭人多。」

羅倫的朋友歐陽劍芬這樣說。

「妳們要喝點什麼？」

「只要飲料就好。」羅倫說。

「妳呢？」

她想一想，看到我面前飲過的橙汁。

「我要橘子水，」她說。

「我只能喝橘子水。」她又說。

「那麼就是兩杯橘子水。」我說。

我站起來，從羅倫的椅背後過去，走到櫃台對服務小姐說：

「我買二杯橘子水。」

我一面說一面從衣袋掏出錢來，那位服務員忙於從冰箱拿可樂給其他的人。

「現在廚房沒辦法做橘子水。」服務小姐看我一眼對我這樣說。

「那麼有什麼水果汁？」

「罐頭的百樂果汁。」她說。

「好，二罐百樂果汁。」我說。

「二十四塊錢。」她說。

我粗魯地把錢丟在櫃台上，她從冰箱取出罐頭，迅速地開了二個洞交給我，我一手握住二個，走回來時發現歐陽劍芬已經不在那裡。

「只有這個。」我對羅倫抱歉地說。

「沒關係。」

坐下來時她又握住我的手。
「你不在乎？」
「什麼事在乎？」
「讓你等候。」
「當然。」
我把手抽回來，無意識地把桌上的香煙推了一下。
「你終於上癮了。」羅倫說。
「還沒確定。」
「你說是JADE，這是總統牌。」
「我說過，開始是JADE，後來發現總統牌很好。」
羅倫說：「我好想你。」
「我也是，我看了鮑治寫的書。」
「你覺得歐陽劍芬如何？」
「為什麼她的姓和名字這樣奇怪？」
「這就是我們不能把她單叫姓和名字的理由，合起來說最代表她。」
「現在我不能說。」我回答剛才羅倫的問題。
「我也不要你說。」
「那麼為什麼要問？」

「沒有。」羅倫說。

她不停地望著我，我也回望她那有特徵的臉：在任何公開場合，羅倫的臉總是那麼好看而有個性，突然她說：

「你好嗎？老柯？」

我覺得奇怪，但深深體會她的深情，因為她的朋友歐陽劍芬不在這裡。只有我們兩個人，所以我也說：

「我很好，妳呢？」

「我一樣。」她似乎頗覺安慰。

「妳說有另一個男人一同來。」

「是的，但臨時他不來了。」

「他是誰？」

「她的小叔，她很喜歡他，我不知道為什麼，現在也沒法解釋，但一切都過去了。」

四

歐陽劍芬從洗手間回來，我注意到她穿的是一件很別緻的娃娃長褲，倒很適合她的文靜的外表：她的外表是如此的平凡，幾乎有點故意的平凡，而內在則不然。羅倫正相反，她外表很不俗，但內在我知道實在太平凡了。

當羅倫和歐陽劍芬低頭飲著百樂果汁時，我突然地掠過一陣思潮；我想：我必須堅守我意志上的原則，尤其和羅倫在一起，我必須艱辛的抑制所有一切狂妄不羈的行徑，我那開放要接受誘惑的心靈，最後總會適得其反地斷決了誘惑而關閉起來。羅倫發現到了，她問我：

「你想什麼？」

「沒有。」我望著她。

「我要你說出來。」

「我只覺得熱，空氣不好，我們應該換個地方。」

「那麼去找一個涼快的地方。」

她臉上顯出失望。

「如果妳們要去日月潭就不要再浪費時間。」我說。

「怎樣去法，老柯？」她說。

「我想現在只有僱一部計程車。」

「妳以為如何？」她問歐陽劍芬。

「我沒有意見，只要能到沒人的地方就好。」

我對她的回答感到十分驚奇，不知道那是什麼意思。她說話很少，但已經第二次這樣表示過她的意見。我想：她憎恨人類嗎？還是憎恨自己？也許根本不是這種問題和這種答案。我很喜歡她說話像在宣佈重大消息的緩慢和嚼字。這一點又與羅倫快速富於感情的話語成為對比；她是完全冷酷無情的，我想。

「把飲料也帶到計程車去吃。」我說。

我毫無考慮的提著羅倫的布袋，羅倫卻慇懃地去提歐陽劍芬的提袋。這一點歐陽劍芬顯出絕對的優越感，她沒有拒絕，像是一件極自然的事。我和羅倫一起走出鐵路餐廳，歐陽劍芬像一個鬼魂般靜悄悄的尾隨著。

「今天真是驚險萬分。」羅倫說。

「什麼事？」

「上午到九點鐘，車票還不知道在那裡。」

「原來是這件事，後來怎麼樣？」

「我就是有信心。」羅倫說。

「等一下再說。」

幾個計程車司機向我們圍過來。

「到那裡？」

「日月潭。」我說。

「幾個人？」

「三個人。」

「這邊來。」

「多少錢？」我問。

「包一部五百塊。」

「太貴了。」我說。

「多少？」其中的一個說。

「四百塊。」我說。

「沒辦法。」

我們要走開，一個唇上留鬚的司機對我們招呼起來。

「他們不去，我去。」那司機說。

「四百塊？」我問他。

「四百就是四百。」他說。

我們折回停放在走廊邊緣的汽車，他阻止著我們說：

「不在這裡，跟我來。」

那個司機走過斑馬線，我跟著，羅倫和歐陽劍芬走在一起。那個司機一直往大樓走廊走去，我暫停下來等候她們兩位。我發現羅倫穿土黃色套衫很配合她棕色的皮膚，那件無領的衣服在胸前繡有奇異的花草延伸到背後。羅倫很適合穿長褲或長裙；她正好穿著一條淺灰藍的長褲；她是那麼健康碩壯和活潑；她實在更不像是女人；我高興她這樣，使我從心底裡拒絕和斷念。可是她身旁的歐陽劍芬則顯得更富誘惑；她不美，但她看來是個十足的女人，有點拒人於千里的高傲和不可侵犯，這一切正適於引發我的好奇之心。

五

「他們不行，我行。」那司機說。

我對羅倫和歐陽劍芬問如何乘坐。

「都坐後面。」羅倫說。

「妳在中間。」歐陽劍芬說。

她們坐進車裡後只剩下狹窄的空位。

「我還是坐在前面。」我說。

司機已坐好他的位置，我把放在前座的行囊遞給羅倫接住，我坐下來對司機說：

「可以走了。」

精神活潑的司機神氣十足地用英文說：

「OK, Sir.」他發動馬達駛出去。

我覺得好笑。羅倫又繼續說她和歐陽劍芬早晨搭車的驚險故事。她說前天已經告訴她的老爸爸一定要買十一點那班對號快車，今天早晨九點鐘她打電話給辦公室的老爸爸，他說他忘掉了這件事，現在只好叫工友快到火車站辦公室買兩張公務票，到十點鐘時工友還未回來，他在電話裡說可能沒有買到票，怎麼辦？羅倫說她心裡想到的是我，萬一不能如時到來這比殺了她更嚴重。她們乘計程車趕到老爸爸的辦公室，那位工友沒有回來，她要老爸親自和她們到火車站去，到了火車站，那位副站長說工友剛剛拿走了票。老爸爸走出來便訓了羅倫一頓，他說：「到底為什麼一定要搭這一班車？」羅倫回答說：「諾言比什麼都重要。」她不在乎老爸訓她這一頓，她心裡只掛慮著我在沒等到她們時的疑惑。她說她的老爸又說：「我越來越不瞭解妳，我看不出妳到底在幹些什麼有益的事。」羅倫在敘述這些事時我心裡想：歐陽劍芬必定站在旁邊沒有插嘴，她心裡必定這樣想：「柯是誰？何至讓羅倫這樣傾心？」羅倫說他們站在火車站的前廊下，望著來來往往的人，盼望那位拿走車票的工友能夠早些轉回來；他來了，羅倫才舒嘆了一口氣。她說老爸故意向那位勞碌的工友打了一場官腔，才歡歡喜喜地看著她們上了火車。

車子駛離市區，在一條筆直的大道行駛，車子裡的錄音機放著流行音樂，我叫司機把聲音轉弱，以便能夠和後座的羅倫交談。我們現在感覺舒服很多，任何朝向旅程的心緒都會因為一種流動的事物而覺得舒放，道路上的樹木和房屋衝向我們，然後分開流過去。我想閉目休息，但不能夠。我轉過頭最先看到的是歐陽劍芬那冷默的臉孔；我不能轉得太過來看羅倫，那太困難；我只能把頭左轉，於是我向右邊的窗外觀看流動的房屋和樹木。

「我不能忍受。」

羅倫在我的背後大叫。

「什麼事，羅倫？」我說。

「我不能只看到你的頭髮，我不能忍受這個。」她說。

「妳的意思是——」

「這麼長的路，我不能忍受只看到你的頭髮。」

我聽到歐陽劍芬的一聲笑聲。

「妳可以看窗外的景物，羅倫。」

「但你的頭髮正面對著我，我不能忍受。」

「妳要我坐到後座和妳一起？」

「你最好是坐到後面來。」

「我非常抱歉我的頭髮使你難受。」我對司機說：「請你停一下車。」

司機把車子停在路旁，我開門出去時羅倫已把行囊放到前座，儘量讓出空位給我。我坐進來時嘆了一口氣，歐陽劍芬側著她的頭看我一眼，這是她第一次自動看我，我回看她時才發現她的頭髮中分兩邊，顯得十分動人，我再也不感到她臉上有一個奇小的鼻子，我心裡早先對她的鼻子感到有些遺憾，現在覺得她的臉很自然，她的外表的沉默和保守也許就因為她自覺鼻子小的緣故。車子再向前駛時，羅倫能依貼在我身上感到很滿意。

我向前問司機這段路有多長：

「八十二公里。」

「要開多少時間？」

「二小時。」他說。

「我記得畢業旅行時道路十分崎嶇。」歐陽劍芬說。

「現在是一條新鋪的路，不再從南投、水里經過。」司機說。

「那就很好。」歐陽劍芬說。

她望著窗外，車子似乎正在經過一個市鎮，道路兩旁都是整齊的樓房。

「這是什麼地方？」

「霧峰。」司機說。

車子飛快地經過市街，兩旁的風景又恢復山林和田野。

「那是什麼樹？」羅倫指著說。

沒有人領會和看她指的樹。

「那裡？什麼樣？」我說。

「在山邊，正在開花。」

我看到一些棕綠葉子的樹在山腳邊，黃色的花叢一簇一簇呈現著，陽光使它們發出亮光。

「是龍眼樹嗎？」她又說。

我的印象中龍眼樹是十分高大，童年在戰爭時，我家由市鎮移居到山村，那裡有許多龍眼樹，車子不停地往前開，繼續在田園上有那種羅倫說的不高的果樹出現。

「是枇杷。」

我們看到樹上有些是用紙紮起一包一包。

「龍眼樹需到五、六月時才開花。」我回憶說。

「妳喜歡吃那一種水果？」羅倫轉臉過去問歐陽劍芬。

「我只喜歡橘子。」

「你呢，老柯？」

「有時我喜歡香蕉。」

「我最不喜歡香蕉。」羅倫說。

「嫌它沒有水份嗎？」

「它的形狀使我……」

我心裡覺得好笑，當我依羅倫的說法去想，我感到憂鬱。

「它的皮讓人輕易的剝開。」羅倫又說。

「我所喜歡的水果種類很多。」我說。

「你不覺得香蕉的形狀很氣人嗎？」

「一點兒也不會，羅倫。」

「水果必須像水果。」她說。

「我只喜歡橘子。」歐陽劍芬說時頗像病婦。

「我最喜歡的是一種新品。」我說。

「什麼新品？」

「芒果和蘋果的混合。」

「我覺得橘子最好。」歐陽劍芬固執地說。

「可惜台灣沒有榴槤果。」羅倫說。

「我想到梵樂希的石榴。」我說。

「保羅・梵樂希？」

「當然是他，我佩服他是因為那首石榴詩。」

「但石榴不好吃。」羅倫說。

「但是……」我欲言又止。

我望向窗外，羅倫的手握住我的手時，我心裡感到生氣，但我沒有拒絕，反用力回握它。她依貼著我更緊，使我覺得十分難受。我望著左面一簇密集和參差的山峰，車子開始沿著一條大溪快速地行駛，那位司機告訴我們說：

「那邊是火燄山，《西螺七劍》的火燄山。」

「它還有一個名字，我曾記得——」歐陽劍芬突然說。

「九十九峰。」司機回答她。

「山像隻怪獸。」羅倫說。

我保持沉默。

夜湖

一

車子駛過埔里平原的邊緣，他們開始商討今晚投宿的問題。柯希望能住涵碧樓，因為那裡是日月潭唯一有酒吧的地方。但艾梅早就暗示過柯，珍妮希望一切都節省。珍妮已經是個千萬台幣富翁的太太，她的選擇無疑是故意要艾梅掃興。艾梅從不會在玩樂上節省以影響情緒，但從開始，這一對早年的朋友卻總是互相牴觸；艾梅只好擺出謙讓的態度，並且說好這一趟旅行的一切費用平均分攤。柯有點清楚，在日月潭除了觀賞上的享受外，其他一切都無法和城市相比，那裡晚上沒有好的咖啡室，沒有好音樂可聽。珍妮許多年來住在國外，對台灣的所謂高尚情調有些看不順眼，那些生活上的一切均無法趕上國外，所以她寧可大唱反調。艾梅十分為難，她希望柯能精神愉快，願意順他想做的事去做，但珍妮是她的老朋友，她考慮應該稍事奉承她的脾氣。這一切的爭論都沒有用處，因為事實上想要的不一定能獲得；今天是星期六，那司機說涵碧樓一定沒有空房間留下來，如果沒有預先訂房，他十分肯定不會有房間了。柯認為涵碧樓如無房間，可以試試教師會館。司機說教師會館也不會有。柯實在不願意住那些街道上的骯髒旅店。艾梅急而珍妮淡然。車子很快地到了目的地，司機答應帶他們各處去尋找住處。

二

「這是德化社。」司機說。

「中國飯店在那裡？」艾梅問。

柯和珍妮由兩旁向窗外尋覓，他看到那飯店的招牌在右邊。司機把車轉進一條小路，然後停在一家草棚的庭院前面。

「這就是中國飯店。」司機說。

他們下車站在庭院前觀望，覺得這個地方十分奇特；他們步上石階，走上涼庭；司機在旁邊告訴那裡的人說他們是他帶來的旅客。

涼庭擺滿桌椅，有一個長形櫃台，牆壁掛著山川花鳥的字畫，玻璃櫥櫃裡面放著畫冊和洋煙酒。一位身材豐滿臉上有青春痘的小姐帶引他們參觀後面的臥室；那些房間都十分窄小，但衛生設備很齊全。他們決定訂下兩間房，把行囊放在其中的一間，然後轉回涼庭來休息。

柯坐在一張藤椅裡覺得又渴又累，有一個擴音箱在他的旁邊，正朝著他的耳朵放送傳統鄉樂，相隔幾張桌子有幾個年輕男女在那裡飲茶談天，不久他們站起來離去，他靜靜地望著他們走下涼庭的石階，一位莊重的瘦小老年人獨自佔住一張桌子抽煙，女主人從廚房走出來，她是一位肥胖的可愛婦人，在涼庭邊側的廚房忙碌，柯最大的發現是一位婀娜多姿的年輕小姐，她的細腰和可愛的臉蛋吸引著他。

「這裡很好。」他說。

他招呼那位小姐過來，請她為他倒茶。

柯躺靠著，警告自己必須自持和鎮靜，他開始抽煙等待艾梅和珍妮由房間出來。這時約新時間的下午六時左右，他越來越覺得來這裡是十分幸運。他早先對這偏僻地方的卑視隨著香煙吐出來，這是個讓人憩息和沉思的所在，但他的眼光始終在注意那位苗條的小姐的舉動。那位瘦小的老頭現在離開他舒服的座位，走到角落拿起一隻水壺，他沉默而有秩序地開始灑涼庭前的花樹。柯想：他是誰？這裡的主人嗎？否則他不會有權利為花樹灑水，他有一位臉蛋像娃娃的妻子，這很不錯。那位女主人看起來雖溫柔和能幹，卻讓人覺得她沒有受多少教育，這一點總是能從她的眼神看出來。珍妮走出來，她手上帶著一本書。柯想：珍妮雖不美，但可以看出她受很高的教育。他想這是很奇怪的現象，使男人無法單從一個女人上去滿足，這點使他迷亂和痛苦。艾梅也跟隨著出來，她總是那麼爽快，無法相信她是個單純的女人，她的友善和熱心的態度使人高興和她在一起。她們坐在柯的對面，用新奇的眼光審視他那沉默冷靜的態度；她們想，這傢伙真像個大少爺。柯終於臉露微笑，先看看艾梅，再看看珍妮；珍妮還是那派漠不關心的模樣，而艾梅卻顯得熱情如火，只等待人家將她點燃。

艾梅馬上察覺柯在注意那位娉婷玉立的山地小姐。

「今晚假如我要和女人睡覺的話，就是和她。」他這樣對艾梅說。無論聲音多麼細微，這句話珍妮亦聽得十分清楚。

「剛才我對艾梅說好，今晚你們在一起。」

「我絕對的反對。」柯大聲說。

「你們兩個是多年情侶，應該睡在一起。」

「現在我完全否認妳說的話。」

「你和艾梅也許有話要私談。」

「也許，但不是在今晚。」柯說，「假如我有話要特別對艾梅說，我和她應該選擇約定在另一個我和她單獨見面的時刻。」

艾梅說：

「我對妳說過，他會反對；妳一點都不瞭解他。」

「他也不瞭解女人。」珍妮說。

「那是另一回事，不應該在此時討論。」

「總之，我要一個人睡。」她又說。

「妳們兩位在一起，我單獨一個人，或者我和那位山地小姐……」
他的這些話頗使艾梅十分難過。
「我請你最好和艾梅在一起。」
珍妮朝柯注視一眼。
「我說過，關於那件事我可以和艾梅再另定其他的時間，今天我們沒有分別。」
「艾梅需要你。」她說。
「不，」艾梅痛苦地說。「我們最好同一個房間，讓他保持他的原則。」
「我永遠對陌生的女人有興趣，而不是對和我熟識的女人。」柯說。
「我對妳說過，這是他的原則和情緒，現在妳親自聽到他說出來了。」
「喂，老柯，」珍妮說，「我覺得這不公平，艾梅對你很好，但你並沒有同等對她。」
「珍妮，」艾梅說。
「真的，我看出來。」珍妮說。
他並不理會她們為他而爭論，他抬頭望著籬笆外的一棵聖誕樹的一片紅色葉子，他想到一位在城市偶然遇見的女人，他回頭時正聽到艾梅在問他。
「你記得嗎？」
「記得什麼？」
「那個酒吧女郎瑪麗安。」
「當然記得。」柯說。

「她死了。」艾梅說。

「我知道。」其實他並不知道。

「你還想念她嗎？」

柯突然說：

「妳看那位女侍。」

艾梅轉頭去審視那位可愛的山地小姐，她說：

「的確長得不錯，比瑪麗安純潔些。」

但那位女孩子似乎並不屬於這家旅店，她自動地走下涼庭石階，以閒適的腳步走到延伸的小街道；柯已不再看她，他點燃另一支香煙；艾梅還不斷地注視那個漸遠的背影，充滿留戀的表情；珍妮低頭翻看她攤開在桌上的書；庭外逐漸灰暗。

三

他們在碼頭的地方租了一部小舟，此時所能見到的事物都是灰黑模糊的，除了燈火。對岸似乎又遙遠又渺茫，但燈火十分美麗。在灰暗中有數部小舟划離碼頭，那些人的囂嚷聲音使柯感到厭煩；除了那些騷擾的旅客，所有事物在灰暗的氣氛中都美麗。珍妮跨進小舟，然後是艾梅，柯掏出一百塊錢給船主，那兩個年輕兄弟，一個握著手電筒，另一個蹲在膝蓋上寫字，名片上寫著時間和押金數目，柯接到那張卡片把它放在衣袋裡。

「ＯＫ，」柯對他們說。

那兩位青年合力捉住舟舷，柯把腳跨過去，他坐在中間划槳的位置，其他人都在等著，他停頓著摸索口袋，他對她們叫著：

「我沒帶來香煙。」

珍妮在笑柯的惱怒樣子，艾梅覺得歉疚，她應該提醒他，她自己也忘了該做些什麼事。

「這裡有，」那兩位青年中的一位這樣說，從他的衣袋裡掏出一包香煙，另一個還是拿著手電筒照著他。

「我只要兩支。」

柯說。那青年遞給他二支，再遞給他二支共四支。

「已經夠了，謝謝。」

然後那青年又遞給他一盒小火柴，柯把它和香煙都塞進衣袋裡。

「多謝你們。」他再說。

「不用謝。」那青年說。

「等一會兒我來找你們。」

「我會等你，先生。」

那青年把他們坐的小舟推出碼頭。

「謝謝，好兄弟。」柯說。

「你是一個好人，先生。」

柯動槳划開去，一切都呈現灰黑的美麗之色，他面對著德化社這邊的少數燈火漸漸離遠；碼頭已經看不清楚了，沒在黑暗中，但他還能辨識那兩位青年的影子走回小街去，碼頭已毫無人跡。

山是灰色的，山上有一盞燈火投影到水面，成為一串橙色的珠鍊；所有的山影和燈火都投到水底來。天空也是白灰色的，月亮還未出現。他們盼望月亮出來。水面是灰色的，燈火的投影變成一串串流動的珠鍊。柯一面划槳一面想到往事，他曾經畫過北部海灣的黃昏，除了燈火都是一層層灰調的影像，他把那張水彩畫配了一個小畫框贈送給一位恩師。此時湊巧所有的能看見的物體均呈灰色，除了燈火，所以勾起他的往事。那些逝去的歲月是憂鬱的，而此時一切都是美麗。他發現艾梅和珍妮在對面注視他，他和她們之間隔著一層透明的灰霧，他感覺她們很遙遠，像在夢裡見到她們，她們沉默時是非常美麗和憂鬱，眼睛露著期望。他想這世界是多麼美麗，但顯得憂鬱些。他把槳停下來，小舟似乎停在兩座山之間，水面上有著微波拍擊著舟腹，先前出發的那些小舟已經在前面遠去。

「我們只到這裡，回去時較近些。」柯說。

兩個女人只是沉靜地望著他。

「不要看我。」

「為什麼？」艾梅說。

「我不真實。」柯回答。

「我覺得你此刻很真實。」珍妮說。

「妳們不要那樣看穿我。」

「你是我看到最難忘的男人。」她又說。

「我們能在這裡很幸運。」他說。

「這是一種緣份。」

「我們不虛此行。」

「今天是農曆三月十四日，月將圓。」柯說。

「不知道它會出來否？」艾梅問他。

「為什麼不出來？」

「灰霧很重。」

「所有的事物都很美。」

「妳們覺得如何？」

「覺得很好。」

「不只是很遠離市囂。」

「不只是如此，但霧很重。」

「我們也遠離戰爭。」

「我要躺下來一會兒。」柯表示說。

「我來划。」艾梅說。

他把身體輕移到舟首的地方，艾梅從末端移到中間來，珍妮的身體像蛇腹斜曲在原來位置。一部馬達船從左邊駛過，一波波的浪水打擊著小舟。

柯躺下來後仰天唱著：

「I took myself a blue canoe,」

「唱下去，」艾梅說。

「And I floated like a leaf.」

珍妮打斷柯的唱歌，她說：

「你們倒是洋化得很，沉迷西洋音樂。」

「不如妳所想的。」

「我回台灣就有這種感覺。」

「妳要這樣想是妳的事。」

「我看到，現在聽到，不止是你。」

「我不想爭辯，」柯說，「誰願意去否定生活？」

恢復沉默時艾梅划向左邊的一座山。

「我要抽煙了。」他打破沉默。

他劃亮火柴點燃香煙，把火擲到水面，它發出一聲輕微的觸擦然後歸於寂靜。

「此時抽煙最好。」他又說。

艾梅輕輕的划著不驚擾他。

「看，那座山。」柯喊著。

「它像隻怪獸。」艾梅說。

那座臨近的山靜靜不動，但他們似乎可以聞到它的聲息，它審視他們的靠近，小舟划進它的陰影中。

突然她收了槳猶疑著，他們全都注視黑黝的樹林，發現水邊和山壁接觸的地方形成圓弧的曲線。

「繼續划，艾梅。」柯的聲音有些顫抖。

艾梅聽他的話又划動舟子。

珍妮帶著興奮的表情說：

「so crazy,」

小舟慢慢地靠近一個凹處，輕輕地撞到山壁，它停止，但他們依然在舟裡微微地搖晃。

「我想上去。」艾梅表示說。

「等一下，」柯對她說。

「我要，」她站起來，使舟子搖動得很厲害。

「坐下來，艾梅。」他說。

「我必須上去，」她說。

「艾梅。」他把她拉住。

她坐下來，躺在柯的身邊。他繼續抽煙，事實上他一面望著那山壁一面沉思；他把煙抽到盡頭，把它拋向岸上。

珍妮在對面靜靜地注視他們靠在一起，艾梅的頭枕在柯的腹部上，只有這樣她才能顯得安靜。

「你會不舒服嗎？」艾梅問柯。

「這樣很好。」

「我不能相信。」珍妮加進來說。

他仰著頭望著白灰的天空，他的頭靠在船頭的一塊橫板上。

「我不相信，」珍妮重複說。

「什麼事？」柯抬起頭來問。

「你們有點虛偽。」

「我們正為了誠實，這是妳看不出來的。」

「我不相信這些話。」

「那麼妳完全不瞭解我們。」

「你們只是在浪費時間。」

「我們正在等待。」

「等待什麼？」

「為下一刻等待。」

「什麼事也不會發生。」珍妮說。

「它會發生。」艾梅說。

她起身終於跨出小舟，柯可以聽到她的腳踩在草地的聲音，她走進樹林時很快消失了影子。

「妳愛他嗎？」柯問珍妮，他連頭都沒有抬起來，他正在注意她的表情。

「誰？」她顯得有些慌亂。

「那個和妳相處十一年的人。」

「我愛他比愛任何人更甚。」

「現在是嗎？」

「我想念他，但我和他已經完結了。」

談話終止，柯沒有再說下去，沉默片刻後珍妮站起來，臨走時問他：

「你來嗎？」

柯望著她，但沒有回答；他望她動人地轉身踏上岸。

「艾梅，妳在那裡？」她朝樹林呼叫。

「來啊，珍。」艾梅在黑漆的某處回答她。

柯繼續躺在舟裡沒有移動，他感覺到自己的心臟在加速地跳動；他瞭解艾梅先前躲在某處窺視，現在他知道她們蹲在那裡守候著他。

四

月亮出來了，當小舟又划向湖中時，水面比先前明亮。天空與湖面之間仍存在著茫茫的霧靄，月光僅使灰色明亮些。柯把小舟停在湖面上，懶散地點燃香煙，同樣把火柴拋到水面。他們在舟子裡的位置稍有變動；柯在舟首很欣賞她們能依靠在一起，他為此十分感動。艾梅和珍妮在那一頭喁喁私語，月亮照亮她們的臉部。那些早先划到對岸去的人們，現在又划著他們的舟子回來，他們在一起，像個小船隊，大聲地囂嚷著，說笑和唱歌。柯現在覺得他們很幼稚可愛，佩服他們天真的結合力，當他們列隊經過時，水面又生起微波湧過來輕輕地撞擊柯的小舟。

「我們也該回去了。」他說。

艾梅和珍妮只望著他微笑。

柯望著碼頭的地方，那羣人的瘦小影子已經上岸走回德化社的街道。

「看船人在那裡等我們。」他又說。

他點燃最後一支煙，半閉著眼睛看著艾梅和珍妮各握著一隻木槳，然後舟子左右搖晃地划向碼頭。

寓言

一

中國飯店老闆夫婦為旅客忙了一天，照例為他們自己做了最豐美的晚餐來享受；他們吃晚飯約在七時半左右，在所有來投宿的旅客吃飽之後；那時那三位特殊而怪異的男女已經出去散步，有一個廣東籍的家庭約六、七個人也離開到各紀念品商店去參觀東西，其他零星的旅客有的還坐在那涼庭飲茶，有的在後面的房間裡洗澡。老闆夫婦和兩位小女兒及一位女侍是應該吃那一星期來最好的一頓飯，過了星期六和星期日這兩天，便恢復整個星期的清淡時光，直到下星期六再來。有限的房間從來不曾住滿，甚少人在未住過這個地方之前會喜歡這個地方，奇怪的是人們不願離開對岸熱鬧的地區來此享受寧靜，人們來到這山區的湖邊依然對寧靜懷疑。星期六大多數旅客找不到住宿才懷著不安的心情前來一試，但這對那三位結伴的男女來說，這個隔離的地區帶給他們意外的驚喜，像這樣的旅客不多，會覺得它好過對岸。任何事物都因人而異，甚少有客觀的評價；只要有一部份人不贊同對某種事物的看法，便喪失了客觀意義。現在的時代無法從愛因斯坦的理論去獲得新的啟示還很平常，依然陶醉在平面空間的生活觀念。事實上由嶄新的知識逃回來的還是那批自認為知識的份子，他們大都在罪惡淵藪而不自知，一旦看到這世界越來越大，他們便嚇得眼光越來越小，他們逃回到傳統的情懷中，用一股文字和語言的外在熱力做宣傳和傳授，而內在裡只僅僅是做著活下去的自我打算。老闆夫婦在享用他們的晚餐的時候，爐火正在熬著一鍋紅豆湯，依照老先生的淺薄的營養常識，認為紅豆湯補血，最宜在睡前吃它。今天對他來說，自從開幕數年來，還未有過像今日的豪情和滿足的感覺，他雖不是很懂謙卑的人，卻還有一點為人服務的精神；今天他和大多數來投宿的旅客都做過交談，從地理環境到法律的常識，他們對他講過的話，頗能鼓舞他，他喜歡高尚而懂交談的人，今天對他來說似乎是個很好的開始。他在未吃飯之前，自從那三位男女在黃昏降臨之後，他已經和客人乾杯了數種酒，尤其那個廣東籍的老鄉自帶的洋威士忌，使他更加得意非凡。約九時半左右，客人紛紛回來了，他們自遊樂場所和商品店回來後繼續在庭院的桌子飲茶談天。潘和二位女士回到中國飯店已是十時光景，老先生吩咐女侍把紅豆湯端出來免費招待所有在場的客人，他也為他的獨特的營養知識做一番解說，使大家感到無比的滿意。

他們三人受到人情味的招待後回到房裡，潘表示他已經萬分疲倦了，橫臥在床上說最好能仁慈地讓他一個人單獨睡在那裡，以便恢復精神和體力來應付明天似乎還有一天的旅遊的勞累。那兩個女人輪流上洗手間，並且抱怨紅豆湯太濃又太甜恐怕會影響睡眠。璐璐倒開水喝時，發現熱水瓶已經沒有多少水了。安芬對潘表示，要潘接納她的意見，把璐璐留在房裡，她一個人到另一個房間去睡；潘看不出她說這些話是真誠或是故意，還是另有一番心算；她的態度自始至終令潘感到迷惑不解。璐璐換了另一個裝滿開水的熱水瓶回來，看來睡覺的位置沒有解決之前，她的內心和外表都不會安寧。安芬坐在床邊，好像她隨時可以睡下抱著潘。三個人暫時同在一起談天；潘重新調整他躺臥的姿勢，璐璐和安芬另坐兩邊床上，背部都靠著牆壁。

這種僵持是浪費時間，安芬一直堅持自己要到另一個房間去，讓潘和璐璐在一起。潘反對這樣做。璐璐十分為難，拿起枕頭準備到客廳去睡，潘警告她不要出洋相，她才轉回來。潘叫她們兩個女人離開，讓他單獨一個人，否則兩個女人都留在這裡，但必須趕快準備就寢熄燈。璐璐贊成潘的意見，只有安芬不願意，她說今晚只有一個人須單獨擁有一個房間，那就是她自己。潘開始惱怒，建議抽籤決定，璐璐也贊成這樣做；他說已經是偌大的成人，為何為這種事爭吵。安芬聽到後拿起她的皮包衝出門去，璐璐跟隨著出去，但安芬已經把自己鎖在另一個房間裡，無論如何不肯讓璐璐進來。

二

「請睡下罷，璐璐。」潘說。

潘根本漠不關心她們兩個女人之間的鬭法；對他來說，他只須維持他的原則，現在情況演成這樣，並非他的責任；他需要休息和睡眠，是璐璐或是安芬睡在他的身邊都是一樣，他不會將他心裡自定的原則打破。但是對璐璐來說，能睡在潘的身邊似乎是命定的結果，在她與安芬的爭鬭中，是早先就存在的不能更改的決定。她剛才的不安無非是害怕失去佔有潘，或讓安芬在另一邊分享，直到安芬把房門鎖上，她才放心地回到潘的身邊來。

「你要喝點開水嗎？潘？」璐璐說。

她還不能馬上睡下來，她不能把內心的緊張露出來。她倒了半杯水放在床頭桌上，潘只好感激地把疲倦的身體翻過來喝一口。潘喝了那口水後，發出一聲嘆息，璐璐換穿睡衣，被他的聲音驚疑了一陣，她把身體轉過來看潘；她的態度似乎是要看出一個明顯的理由出來不可，她敏捷的神經想獲知是否她的內心祕密被他察覺到了；潘望一眼她那一本正經的模樣，那種外表是為了某種關切而設的。

「我太累了，妳知道。」

「那麼就好好睡著罷。」

她把燈光熄掉。

三

璐璐內心突然吸取一股窒悶的氣氛，她所驚懼的潘的精神的逆轉現在顯現了，瞬間傳達到她的身體裡；她告訴自己，一切都過去了。她懷抱的夢想消失了。這一切全都在她不知不覺中轉變而來，假如還來得及，她願意逃出去，她甚至願意在此刻和安芬交換位置，任何人都可以把潘贏去，她無法承受一個不屬於她的軀體。而現在她必須接受，因為一切都太晚了，潘已經掌握了全部的權力，他的冷酷的原則就緊握在他手中，與他面對的一切都成為他支配的奴隸，她準備喚出來，但潘命令著：

「讓男人在外面，」

她只有聽從，把身體移到裡面，潘動作橫蠻地躺下來。她像一隻馴良的羔羊般接受引導。從潘身上發出來的嚴肅的溫柔使她無比的緊張，是他那不可侵犯的孤僻精神使她窒息。她再度想哀號起來，但空氣像凝固的水泥把她封住不能動顫；她猶如冰凍在北極的厚雪中，把她的熱心僵固了。

潘呆板而筆直地躺著，像一具屍體眼睛望著天花板。璐璐無比的不安和難受，她不知下一刻他要轉變成如何；他是那麼善變莫測，她從來無法預先知道和提防。她的心只期待著潘對她的侵襲和緊貼，像最初的一次一樣，她無法忘懷那種突然的快慰，而從此之後，她的精神每一刻都盼望那樣的形式再度重臨，她的每一個細胞都為那遽然的雨露而耐心的活著，其他的一切都為她所忽視。

但潘對任何生命的形式都只堅持那最初的一次，不計成敗地只行一次，他的精神厭於同樣的事做兩次，他的行為猶如殘酷和決斷的武士在決鬪中命定的一砍；對於在他刀下倒下的人無須再費不乾淨的手腳，他連看都不，就往前走，繼續去做他的醞釀和修行，準備再遇到另一個命定的敵手，以及準備著如何對他的目標使用著斷然無誤的砍劈。璐璐現在對潘來說，猶如他刀下喪生的幽靈，一個纏繞他，使他時時刻刻重憶那罪過的往日的不善的鬼魂；在潘的意識中，她那同樣姿容的迎奉的委身，其中埋藏著無比淵深的危險和詭詐，讓他在無味的瘋狂砍殺中衰萎和落敗。這是那看不見和隱藏著真面目的幽魂的最終目的。但實體中的璐璐卻獻出了她的溫柔和寬容，展佈著俗間無比優美的愛網，一切都為潘預備著，除了他沒有第二個人，只有他使她的生命再造和延續。

潘側過身從小桌上拿香煙點燃。他的這個舉動象徵著他的無所作為，她看出他似乎想從香煙獲得麻痺，想從它切斷他本有的熱情而進入思維；他已不再為她而做使她歡欣鼓舞的事，他已墮落在不斷的省悟中而顯露著令人傷心的疲憊；沒有新的和改變的環境，他已從他的舉動中預告著絕望，唯一使人還覺得他依然可愛之處是他的溫和外表，他不會真的在絕望中傷害別人。璐璐早就知道他在黑暗中是個沉靜的人，他懂得在牢困中休息和保持清醒，好像他知道必有曙光會來臨。這使璐璐對他的肉體的企望中轉為對他的精神的無比嚮往，只有這點證明潘對自身的愛和對人類的愛。

當璐璐漸由觀察而獲得心理的轉變之後，她由對潘的埋怨轉為對他的全新仰慕。潘的孤獨是他的最具權威的力量，這一點使璐璐改變了她對他的指望。她總是經由他認識到個人生命與宇宙的聯繫，她愛他已超出那狹窄的範圍，她希望自己是一座山，讓在心路歷程中流浪的潘獲得最後的棲息。所以她想：愛潘的唯一途徑是瞭解和寬容，並且需要產生比他更為廣闊的智慧，憐憫和同情已非對潘的愛的泉源，更不要指望肉體的反覆狂歡了。

「告訴我，你想什麼，請你說出話來。」

「我現在只想到自己，今天妳使我幾乎面臨絕境。」潘說。

「我也想到今天現在是我們過往一切的終點。」

璐璐在輕輕的飲泣。

「你想到什麼幾乎等於我想到的。」她又說。「你已不必覺得有所愧欠。」

「我沒有。」潘說。

「你幾乎是如此。」

「屬於我個人的歷程還沒完。」

「我清楚這點。」

「妳像一座山；我現在無從愛妳是妳像一座山，要我走向妳，之前有許多錯綜複雜的迷路，我無法直接靠近妳，我須尋找路徑，賣力砍除荊棘妳知道這點嗎？」

「我知道。」璐璐說。

「我還不認識妳。」

「如我是那座山嗎？」

「是的，我賣力的奔跑，但依然如此遙遠。」
「為什麼這樣艱難？」
「是氣候和距離。」潘說。
璐璐嘆息。
「妳對我的顯現是幻影不是實體，有如我們在風景所見到的。」
「但我很願意清晰的顯現給你。」
「未到時候，我的步伐太緩慢。」
「我承認你是。」
「妳顯現在雲霧中，只有模糊的輪廓，看來如此逼近，事實上我無法觸撫到，中間隔著雲霧，我賣力跑，妳仍然在雲霧之上，我找不到路途登上。我現在在人生的森林裡，在迷亂的狀況中邁步。」
「如你說的時間未到。」
「智慧不夠，」潘說。「愛是一種歷程，我必須砍。」
「砍誰？」
「女人。」
「為什麼？」
「那是妳，璐璐，全是妳的偽裝的化身，不是妳的真體，所以我須像個武士揮刀。」
「我確信如此。」

「在我到達妳處之前，有許多的誘惑。」

「我幾乎完全相信。」

「我希望是個女人，不是想像中的山。」璐璐悲泣著。

「妳是個女人，但只是個幻影，璐璐。」

「我不懂為什麼是這樣？」

「我曾把妳視為一個女人，而且我們曾經像男女般地愛過，後來我感知妳不像一般的女人是個女人。」

「我只盼望做個女人。」

「妳無法做到這點。假如妳真是像一般的女人的女人，我們現在不會在一起，而且讓我面臨絕境。」

「那麼我是座珞珈山。」璐璐說。

「對釋迦來說，妳是珞珈山。」

「這不能更改嗎？」

「這是命定的。」潘說。

「面對你，潘，我也許不必再加否認。」

「我知道我還不能歸隱於妳，時間未到，智慧不夠，我即使賣力奔跑，妳仍然遙遠，妳對我顯現只是在我疲憊中告訴我不要忘懷我將應得的歸處。」

「如我是那座山，我就靜待你來。」

「珞珈山是為釋迦而存在的，而他的到達它才配做聖山，否則天地無意義。」
「我明白這點。」她哀怨而冷靜地說。
「為了這個寓言，我現在多麼愛你。」她又說。
「做為武士，經過劫難才能獲得正果。」
「你要砍多少女人，潘？」
「我不知道，但我知道歸於妳之前需要砍殺。」
「我為那些道路中倒下的女人哀憐。」
「妳應明瞭我生命的混沌。」
「為什麼你會是這樣的男人，潘？」
「只緣於我最初見到妳，就像釋迦偶然間瞧見了珞珈山而改變了他的生涯。」
「生存是如此難耐啊！」璐璐呼號著。
「我現在充滿砍殺的慾望……」
「我想這是這個時代使然。」
「不，這是宇宙生命生成的樣像。」
「為什麼不能單純？」
「對於宇宙生命的現象我們一無所知。」
「我要為這點哭泣。」璐璐說。

四

「幾點鐘？」

潘問璐璐，她起床跨過他到鏡台上打開手提包，拿出一隻舊式圓面的手表回到床上，重新躺下來，藉著微弱的光線看著模糊的表面。

「五時一刻。」璐璐說。

「夜已經過去了。」潘輕聲地宣佈著。

璐璐嘆息一聲。

「這一次之後，我們不要再見面。」她說。

這時安芬出現在他們的面前，潘望著她那張被折磨過後的憔悴和敗喪的臉孔；她轉身又走開，羞於見到他們容光煥發、生趣盎然的樣子。

歸途

一

一頓豐美而營養的早餐容易使人返回到世界的現實，惟惜太光亮的陽光使涼庭失去了昨日黃昏的可愛，坐在那輕薄的藤椅裡，使人幾乎待不住了；那裡沒有富於情調的音樂，只有一種音質貧乏而幽柔的鄉調，讓人嘆息一個衰邁的土地。在這個所謂中國飯店的外觀上，根本沒有純樸的色調，家具和擺設混合著外國的形式，刺耀的陽光使一切都浮淺失色。早餐是咖啡牛乳、吐司麵包和火腿蛋。那位饒舌的老闆又來和他們坐在一起聊談；他看來比昨日更憔悴，更瘦小，他的營養學一定比不上他的消耗；昨日黃昏，他藉著酒和紅豆湯加添了他的勇氣和信心，可是在這令人懊悔的早晨，他的形貌就更使人見而哀嘆了。柯顯示冷漠和無趣，實在無意於聽那老頭有關在日月潭建造龍舟的構想，這隻不真實的動物早經人們把它用爛說爛，到處都是這隻虛構的動物的粗糙的仿像，已經失掉了它做為珍貴的象徵的意義。我們這樣相信，要是有人把上帝的形象清晰地公諸於世，把祂印於書上，刻成木頭和大理石，展佈於人類眼見的空間，那麼不久祂不會再比一個平常人更令人神往了。柯想，那些堅稱自己為龍族的人，這在語意上他們便是不真實的一輩；而真實的人要假借來源於它，那是多麼不可思議了。吃過早餐，他們準備動身了。那位老先生述說了半天，柯只能點頭稱許這項了不起的計劃；總之，他不會有機會去享用這種偽飾的造物。然後他和那二位女士離開那裡。這是無比真實的一天，昨日逝去的都歸於夢境。人與人之間的和諧應建立於共認的真實，唯一會發生吵嚷和爭鬪的都是夢裡的幻境；人間所爭執的議題都是那些互不連貫的瑣末和枝節，所以人之相處總不會互愛，唯有智者愛人而常處孤獨。

在德化社的街道上，他們瀏覽著每一家紀念品商店。柯又遇見昨日帶他們來投宿的那位誠樸的司機兄弟，但柯婉拒再坐他的車去環湖遊覽，因為芬冷淡而艾梅沒有再觀光的興趣。兩位女士寧可在這條街道上吊兒郎當。芬的腳步緩慢，散漫無力有如遊魂，對櫥窗和吊掛的風土物品視若無睹；她雖是個行屍走肉的虛幻婦人，但她並不憂鬱，她的臉上從來沒有半點激動的表情，只有一瞥黯淡的冷視。柯是個觀察者，隨時注意這周遭一切事物的移動和變化，他看著艾梅為選擇禮品而左右奔走，她為家中的男孩買一隻弓箭，為女孩買一隻編織的花皮包，現在她又要為男人買一件什麼，她無法決定什麼對范姜最有用處。

柯坐在商店裡的沙發等候著艾梅選定一件東西，她把一頂動物的皮毛帽戴在自己的頭上，站在鏡前觀賞。

「范姜需要一頂帽子，他常喜歡在頭上戴帽子。」她細看著自己說。但她不知道白色好還是黑色好，她從架子上再拿下一頂灰皮毛的，再戴在頭上站在鏡前。年輕而打扮漂亮的女店員過來站在艾梅身邊，稱讚那頂灰色的毛皮帽最好，價錢也比其他同形式而色彩不同的昂貴。

「范姜也許要一個日曆表，」柯隨意地說。

「他需要帽子。」艾梅堅持著她的決定。

柯沉默不再說話。他對那位此刻被提出來的男人的印象突然深刻地佔滿他的腦子，柯只見過他幾次面，沒有做過深切的瞭解，他只信賴艾梅的一面之詞，而這次旅行據艾梅說是他贊同的，他不由得對那個神奇的男子陷入了沉思。

艾梅看起來是愉快的，天真而熱情，正準備和那位女店員做一場熱烈的討價。

那女店員說：「二百四十塊錢。」

艾梅討價道：「二百塊才買。」

「妳如果再買其他東西，就算妳二百塊。」

艾梅再覽視牆上掛吊的東西，她看上了一件編織的無袖外套。

「這件多少錢？」

「二百二十元。」

女店員從牆上取下來，那是一件番布做的外套，艾梅輕易的把它穿在身上。

「很適合妳。」那位女店員讚美她。
「便宜點，我一起買。」
「二百塊好了。」
這時艾梅轉過頭來看看柯。
「這件外套對范姜更為適合。」柯認為是的說。
艾梅頭上戴著灰色毛皮帽，身上披著那件紅綠交織的番衣，使夢遊的芬也好奇地看她一眼。
「如果妳設意為他打扮成這個樣子，他就有點像吉卜靈電影中的人物。」芬帶點諷意對艾梅說。
「他外出可以戴這頂帽子，在家可以穿這件外套，這兩件他不會同時穿戴。」艾梅說。
「這是該節制的時候了，女士們。」柯表示意見說。
他們走出那家紀念品商店，外面刺眼的陽光現在對他們是一種嚴厲的苛責。在那個廣大的道路停車坪上停放著許多大型遊覽車和小汽車，他們橫過那裡時，有人前來招攬搭乘計程的車子；因為太昂貴他們拒絕了。他們坐在公路車的候車亭的木條板上，等候二十分至一個鐘頭一班的公路車。現在太陽正當熾熱，他們覺得煩厭和納悶，對於這趟失望的旅遊，至此為止，似乎不願再花更多的錢來求補償，想到這樣一個大遊覽區，沒有方便迅捷的交通運輸，實在令人哀嘆。
柯到一家後面的小商店購買飲料，回來時他把養樂多分給艾梅和芬各一瓶。他把她喝過的小塑膠瓶擺在身邊的木板上。艾梅喝過之後，還覺得渴，這一次她想自己去買，柯要她多帶一瓶給他，芬搖頭拒絕了，她對這種過份甜膩的飲料表示不滿。艾梅轉回來時顯得欣喜和激動，她又變得生氣勃勃，她張大眼睛看柯，像第一次看到這個男人。

「什麼事，艾梅？」

「你來，看看是誰。」艾梅說，拉著柯往小店跑。

一位面容端莊的大姑娘站在玻璃櫥子後面，柯能看得清清楚楚她高大的身材，他來買飲料時並沒有發現她，但他想不起她是誰，剛才拿飲料給他的老年人站在別的位置。

「她就是沙龍裡的小蕙。」艾梅說。

柯想起沙龍來，但他仍然不認識她。這位大姑娘的臉上充滿著閱歷的痕跡，那時沙龍僱用幾個小女孩，現在他也記不起她們的模樣。

「我是阿蕙，柯先生。」她微笑了起來。

「是嗎？」他現出不能置信的表情。

「妳為何會在這裡？」艾梅問她。

「我在這裡很久了。」阿蕙小姐說。

柯覺得不可思議，他覺得像在做夢。

「妳結婚了嗎？小蕙？」艾梅又問她。

「沒有。」她苦笑。

「現在你想起來了嗎？」艾梅問柯。

「我想起來了，我想起來了。」柯只得這樣說。
「在這裡看到妳，真高興極了。」
「公路車來了，」柯說。
「再見，小蕙。」艾梅和柯離開時說。
「再見，艾小姐，再見，柯先生。」
柯牽著艾梅的手，奔向剛剛停靠的公路局車子，他們上車後，艾梅還低下身子從窗戶看那家小商店，然後做了一個搖手的動作，柯看到那位叫阿蕙的大姑娘站在商店門前的石階上揮手，這時他終於想起來那位沉默的在沙龍廚房幫忙的女孩子。
「到處都有她的朋友，」芬讓出一個座位給柯時說。
「我真想不到。」柯搖頭嘆息地說。
「我覺得這沒有什麼好高興的。」
芬把臉朝向窗外，顯得冷傲的氣派，柯關心地問她：
「妳覺得怎樣？這件事使妳煩嗎？」
「我覺得往事都不堪回首。」
「妳會有這樣的表示，我想是……」
「我覺得任何事都不值得回憶。」
「我想比喻一件事，」柯對她說。「妳曾經努力的開墾一片土地，但收穫時，妳發現不是妳想要的果子。」

「有點像是。」她轉臉回來點頭說。

「所以滿懷失望。」

「我想我再也不願去另行開墾。」

「妳當初沒有想到那片土地是否適於種植妳想要的果實。」

「也許是。」

「我想妳無須去埋怨。」

「為什麼？」

「妳應該只想著開墾耕作的事，收穫什麼是另一回事。」

「這是絕不可能的。」她不滿地說。

「那麼那是一個好的經驗，妳再從事和開始時，妳會事事顧到，因為妳已經變得懂事。」

「我是什麼願望也沒有了。」

「有一天妳會再看到妳會喜歡的土地。」

「我不敢確信。」她說，把臉轉開。

二

這趟旅遊的回程幾乎是悲慘的，除了柯的原則，艾梅和芬兩人的目的是值得懷疑的；除了自造的快樂，大自然並不施惠於人；自然的面目是一種呈現，要每個人的心去印證，所以既有美景，亦不能給人快樂，轉移人的本態。他們始終無法開誠佈公，各懷著自己的鬼胎，互相猜疑。這裡面有許多無法述說的隔膜。對於這兩個女人，因為她們無所收穫，現在只好露出慳吝之色。她們在出發時，甚至根本對旅程的狀況毫無認識，憑著一時的衝動邀請柯同行，最後當然也會受這情緒所害；因為艾梅對芬把柯描述為神奇的人物，以為是自己的快樂之源，也能為喪失幸福的芬挽救一點自信，但柯在芬看來，只是一個平凡而近乎赤貧的男人，她不否認他有點哲學味，但並不高明到可以將兩個女人同時擺平，她無論如何要採取不合作的態度。柯已經無法施展他的慇懃去為兩位女士服務，他相信可以扭轉一切的氣氛，但他儘量去避免為自己圖謀舒服和享受的嫌疑，他讓她們去出主意。他們踏上另一部擁擠的公路車，從日月潭公路站出發，邁著曲折多彎的山路回程去台中；在這之前，他們一起匆匆地在一家小餐館吃了一碗麵，如不趕上那部車，還要再等一個半小時。他們在擁擠的車廂內，在窒悶的空氣中，在山地人的赤裸的腿部之間傳遞剝開的柳丁，在顛簸之中吃得很不舒服，途中又下了一場浩大的驟雨，車子停在一個停車場內，每個人都無可奈何。這種接受折磨的運氣完全是命定的，只因為不願接受智者的引導，甚至懷疑是否有智者存在。

所有經歷的艱辛的瑣事，是普遍為人所熟悉，在旅遊中的折磨和生活上的不公平是相同的，彷彿來自一種不具美感的經營和規劃，其中可以感嘆管理眾人之事的低能。一個自居古老民族的墮落和弊病是歷歷在目，在這個島上又染上躁急和輕率的作風，綿長的歷史中證明著沒有外力的衝擊，他們的血液不會再激盪起來，他們在沉淪的歲月裡持著一套不自批評的人生哲學，可是圓球上不止生存著這樣的族類，他們不改變和自新，最終只有被輕視和侮辱。將來的日子將會有改變，而人人都在那裡拭目以待，可是沒有人為這未來的危機說一句真話，而讓少數自欺欺人的壞蛋在空際中吵嚷。

黃昏時刻始到台中，找一家旅館休息是刻不容緩的事，三個人都狼狽極了；這趟行程的辛苦和煎熬對他們都夠覺醒，所以柯建議找一處較好的地方歇腳，她們再也不敢反對了。他們下車後，行過一列人潮擁擠的走廊，柯看到一家汽車行的牆壁上掛著許多複印品的照片，一幀達文西所繪的蒙娜麗莎照像放大地掛在門邊，他停步注視，斑剝之紋清晰可辨，蒙娜麗莎的容貌看來多麼奇異，柯覺得現在的世界再不會有這樣神祕的女人，假如他能遇到這樣的女人，他想他無論如何將以她為他的生命目的去追求。艾梅注意到柯著迷又黯然的神色，心中頓然升起了痛恨的妒意。芬隨著人潮已走在前頭，柯和艾梅加快腳步趕上去。橫過人行的斑馬線，在另一條街的走廊，他們轉進一家大觀光飯店。

他們租用了五樓的一間大房間後，坐在沙發上才喘了一口氣。柯第一件事便是到浴室用冷水擦拭身體。現在是午後五點鐘，旅館還沒有供應熱水實在令人不可思議，旅館的解釋是熱水器壞了，已經派人去叫工匠來修理，聽到這樣的事，他們內心都暗自思忖著自己總是遇到霉運。艾梅氣呼呼地坐在床鋪上打電話，能夠回到台中，她想為自己打算了。

「總機，請接市政府公共關係處……公共關係處嗎？……請處長聽電話……那麼您能告訴我處長公館的電話號碼嗎？……七八二三五六，謝謝。」

「總機，請再接七八二三五六……他不在家，你是張太太嗎……我是艾梅……是的，我昨天和朋友到台中來，現在我急著要回台北，我想請張先生給我拿一張火車票……是的，我知道，票很難買……那麼我晚上去拜訪你們……公園路轉……（電話突然被總機截斷）總機，怎麼搞的，喂，總機，我們話還沒講完，妳怎麼這樣不禮貌把電話截斷，妳是什麼意思……」

柯從浴室出來，看到艾梅坐在床邊漲紅著臉，眼珠滾轉著似在發脾氣，而芬躺靠在沙發裡，冷靜地看著柯，又看看艾梅，她的表情似在思索；對這番景象，柯頗覺訝異。艾梅繼續對著電話筒爭吵。

「總機，妳把電話截斷，我話還未講完，再接剛才那個電話……市政府，對不起。」她放下電話筒，再拿起來。「總機，妳接錯了，我要的是第二次說的那個電話……妳沒有記起來……妳們怎麼搞的，怎樣這種態度待人……我話還未講完啊……妳們為什麼有這種服務的態度……好，我要一張今晚的火車票……觀光號？……我要對號的車票……黃牛票？太貴了。」

柯躺在另一張床鋪上，點燃香煙，深吸了一口；艾梅把電話筒掛上後，屋子裡突然靜寂了下來，但空氣似乎有著無比的緊張氣氛；芬從沙發上站起來，把手提袋和皮包掛在肩上。

「我要離開這裡。」她說。

艾梅說：「我不在乎現在大家分手。」

柯坐起來問道：「怎麼一回事？」

「妳怎麼是這樣的朋友？」芬指著艾梅說。

「我問過妳，妳說妳不回台北去，但我必須晚上趕回去。」艾梅答辯說。

「我受不了，我要走。」芬說。

她緩步走向門口，柯搶先一步把她擋住，並且取下她的手提袋；柯就站在芬的面前，兩個人互相注視，她突然變得很溫馴，她沒有拒絕和強硬的顯示，順從柯把她拉回原來坐的沙發前面。

「坐下來，聽我說。」柯說。

賭氣的艾梅依然坐在床鋪上，顯出一股毫不動情的傲慢，柯看芬坐下來，就開始低頭在地板上踱步沉思。

「艾梅，」柯抬起頭看她。

她警戒地望柯一眼，仍然是十足任性的樣子。

「我覺得妳剛才的作為有點不合……」

「什麼？」艾梅叫起來。「我問過她，她說……」

「我不知道妳什麼時候問過她，」

「在公路車上。」

「在公路車上距現在有多少時間？」

「我不知道。但我是問過她的意見。」

「妳不覺得妳現在的行動還需要再詢求她的意見嗎？」

「我為什麼要那麼麻煩？」

「僅僅為了禮貌和規矩。」

艾梅把臉轉開，迴避柯的注視。

「妳們一起出來，應該一起回去。」他說。

「我們不是你眼中的小學生；我們是長大能自立的人，我們有自由的愛欲、願望和行動，我們不需要互相束縛。」艾梅說。

「但妳們所表現的正好是缺少這種自由的能力，妳們的行為依然像小學生那樣幼稚，要人善加管束。」

「我恨你的原則。」艾梅說。

「我的原則是為人際間的關係而定的。」

「為你私自的利益著想。」

「不，也為要在一起的每一個人。」

「你從來不替別人著想。」

「這是你衷心的話嗎？」

「我太明瞭你了，柯。」艾梅說。

「我們現在不談私怨，不為兩個男女之間的事爭吵，只要有第三個人在場，就要捨棄兩個男女之間的事，釐訂一個三人存在的法則。我們現在要談的是關係三個人共同利益的事。」柯說；他說這些話時並不理直氣壯，想威嚇艾梅，他儘量約束自己的聲浪不至於高昂起來，他的聲調顯然有點悲鬱的味道。他說完，室內有幾分鐘的靜默，但空氣中並不像先時充滿了爭辯的意味：艾梅低下頭思索，而芬在剛才卻抬起頭注意地觀察柯說話的表情，她的心田裡感到有些溫慰。

「我和芬是有些不瞭解之處，」艾梅說。「從高中時代到現在有十幾年，芬生活在美國，我則一直在台灣，這之間我們有了分別。」

「我一直知道妳，艾梅。」芬回辯說。

「不可能，我們都改變了，各人有各人的遭逢，感想並不一致，友誼這個意義似乎遙遠又遙遠了。」艾梅說。

「但我回來，見到妳，妳對我極友善。」芬說。

「我後悔向妳提到柯，更糟的是三人碰在一起。」艾梅把內心的感想坦率地說出來。

「無論如何，我們三個人已經在一起了。」柯說。

「我不會搶走妳的，艾梅。」芬說。

「現在我什麼也不在乎了。」艾梅說。

「各人的私心都是沒有意義的，」柯表示說，「我希望妳們把我視為家中的兄弟，我也要看妳們為家中的姐妹；我不是妳們的獵物，妳們也不是我的美餐；我希望我們真誠的融洽在一起；我這樣的希望是，因為我們是從各人的生活中暫時脫離出來，現在我們在一起是不真實的，因為我們又會馬上回到各人的原生活陣營中去，在日常生活中的人是無法坦誠相見，互相為了生存而爭奪，我非常願望我們能在這超現實的存在裡獲得真正無私的相融。」

柯在說這些話時，彷彿是在四周無人的曠野對自己告誡的，他低首踱步，眼光沒有盼顧傾聽的兩個女人。當他的語聲停止，艾梅的哭泣聲清晰地傳到他的耳裡，使他驚覺哭泣聲是話語的延續。他停步，顯得有點懊惱。

「我覺得你不瞭解女人，柯。」芬說。

「我甚至連這人間的世界也一無所知。」柯注視著芬的臉說。

「你只那麼一點點不知道，柯，我是女人，我應該告訴你那一點是什麼。」

「妳想說的是那一點？」

「我想單獨和你談談。」

「現在我不想和妳單獨談。」

「那很可惜，你只那麼一小點不知道。」

「妳可以在這時說出來是什麼。」

「我必須單獨對你說，柯。」

「現在我不想和你單獨離開這裡。」

艾梅聽了柯重複地表明他的立場，把臉孔擦拭了一下，當她看柯又想表示說話的欲意時，她稍為調整坐在床鋪的姿勢，把背貼靠在床頭的牆壁，顯示一種聽話的態度。

「現在聽我說，女士們，」柯說。「我們在這回程中再投奔到這家旅館來，是下午的旅程把我們整慘了，我們都非常清楚需要一個休息的地方，洗淨我們狼狽的痕跡，恢復精神；尤其重要的是，我們需要在一個完全屬於我們的處所，討論我們下一步的行事。我的希望是：妳們在此好好休息一晚，明早仍然相偕回台北去，而我自己即刻就想離開這裡回鄉下去。」

最後的一句話，使得艾梅和芬同時驚覺起來，她們的目光同時由相對的方向向中間的柯投來……

「我也想今晚回台北，我答應孩子今晚回去。」艾梅說。

柯激動了起來，顯然他察覺艾梅的話是不實在的。他說：「這是不可能的，艾梅，如果妳打算今夜回到家，應該早先說明，我們應該在中午前從日月潭趕來台中。」

「因為芬告訴我，她不回台北，所以我才做自己的打算。」艾梅回辯說。

「我知道這一點。但妳要考慮現在沒有火車票，我根本不喜歡妳為了一張票，動關係把妳老爸爸的面子拿出來。」

「這有何關係。不然，我可以叫計程車。」

「好罷，我不再理會妳們的事了，現在我應該離開這裡，回鄉下去，妳們要怎麼辦，那是妳們的事。」

「吃過晚飯再走，柯。」艾梅央求他。

「我也這樣希望。」芬說。

「你這兩天陪我們是辛苦了，現在又是吃晚飯的時刻，你總不能餓著肚子走。」艾梅又說。

「好，我準備吃過最後晚餐後再被妳們聯手出賣。」柯看到情勢緩和下來，故意這樣說。

艾梅強忍著心中的笑意從床上下來，她把害臊的臉轉開，不要柯看到她放舒下來的表情。她走進浴室，柯叮嚀她不能用冷水沖洗，只能把毛巾揉乾擦身。艾梅深深地望柯一眼，把浴室的門快速地關上。

柯舉起手臂做出無可奈何的動作，走到床邊，讓身體挺直地摔在床鋪上，同時嘆了一口氣。

芬在二分鐘後，腳步柔緩地走到柯的床邊，她站著往下瞧著他；這是她第一次內心激動而態度冷靜地主動正視柯，她的臉上浮現一絲微笑，她輕柔而細微地說：「這都是男人闖的禍，是不是？」柯仰望著她，讓她坐在床沿，然後伸出一隻手臂摟著她的腰部。

三

他們在旅館的餐廳喝可樂，艾梅把菜單推給芬點浙江菜；芬沒有推辭，她是浙江省籍的人，這一次她沒有抱怨浙江菜貴。她點了炒蝦仁和黃魚二吃。艾梅問侍者有沒有蠔油牛肉，這是柯喜歡吃的菜，當她和柯偶在台北見面一起吃飯時，總是點這一樣菜；侍者答說有青椒牛肉沒有蠔油牛肉，因為那是廣東菜。柯要一瓶啤酒，艾梅和芬也沒有拒絕喝一點。那牛肉炒得又老又硬，令人失望極了，但魚高湯還做得不錯。芬的胃口很好，比另兩個人吃的更多；她不斷地吃那盤炒蝦仁，當她的磁匙伸過來時，柯用筷子把蝦仁撥進她的匙裡。這一連番的動作，艾梅有些妒意，雖然如此，芬連吃飯的表情也是冷淡的，她自顧地吃著。他們飯後轉到旅館部這邊的沙發來休息，艾梅再去詢問有關車票的事，旅館櫃台的人答應去為她購買，但言明需要一成的服務費。當芬乘電梯上樓去取她的東西時，艾梅和柯留在原處，艾梅要求柯晚上留下來再陪她們一晚，她說要是沒有柯在這裡，她不知道怎樣再和芬同處在一個房間裡。柯想，艾梅說這種話的確有點矯情；他表示非回去不可，他需要一個好睡眠來補償昨夜的失眠；他說要是今夜再像昨晚那樣爭吵的話，明天他就要完全崩潰了。

艾梅說：「你可以好好睡，我不打擾你，但希望你留下來。」

芬在電梯門口出現了，原先打算吃過晚飯後，她們兩個人送柯到車站。芬上樓去取她的皮包，下樓來後坐在柯的旁邊等候著。

柯說：「我非走不可了，希望妳們今晚好好休息，明天才有精神踏上歸程。」他說話時左右望著她們。

「你還是留下來罷，無論如何也只有這一晚。」艾梅又說。

柯轉望芬，看她的意見如何。

「我也希望你留下來。」她說。她表情冷淡，只要有艾梅在場，她對男人的態度總是如此。

兩個女人都表示過相同的願望，柯還是坐在那裡思慮著如何做決定。他沒有任何行動。對他來說，他只要堅守他的原則，留下來陪她們或單獨離去都是一樣的，到最後都是一場虛無，毫無佳美的回憶，任何的抉擇都是無用。突然他內心感到頗為酸楚，對於兩個女人的發自同樣意願的請求，他再也無法堅強地加以拒絕了。

但他還是這樣地問道：「這真是妳們的意願？」

「留下來，柯。」艾梅發自她的本意，意味深長的說。

「最好留下。」芬依然保持她的冷靜的外表。

於是柯終於答應決定留下來。他想：我留下來，對她們兩個人來說，誰將感到最大的喜悅？表面上是艾梅充滿了欣慰。但他認為芬也許內心更為感激，如果不是她也表示她願望他留下來的話，他是決定告別回鄉下去了。

他們乘電梯回到房間，覺得一切還能保持原來的和諧而感到安慰。要是柯離去，的確今晚兩個女人不知要如何面對面。柯明白這點，只得承受這份責任，耐心地等待明日太陽的升起。

「那麼，你們准許我單獨去街道蹓躂一下嗎？只要十分鐘。」他內心已經盤算好如何安度今夜的計劃，他藉著去呼吸新鮮空氣要單獨出去。

「可以。」艾梅看到柯的行動有點怪異而微笑著說，不論柯想去做什麼，現在舒坦的氣氛，已不再令人去做不善的猜疑，她也沒有想和柯出去散步的衝動，因為留下芬在屋子裡，又要造成不平衡的局面。

「謝謝。」柯說，把艾梅的許可視為恩典。

柯走出去後，艾梅和芬居然靠近地坐下來互道著柯的那份可愛之處。她們談論柯，從他的平實的外表深入到他的內涵；她們覺得柯正當壯年而老居在鄉下使他的那份才華無法貢獻給社會是一種可惜；艾梅畢竟較瞭解柯許多，她知道柯的心難是時代所造成的，使柯留在鄉下或可保持他某種品格的完美；而芬對柯的觀感全憑她的閱歷上的直覺，她以為柯除了心地善良外，還加一點藝術家的怪異氣質，有時使人頗為傾慕，有時也讓人覺得頗費猜疑而恐懼。然後她們談到現在該吃些什麼水果來幫助飯後的消化，芬說她想做一個觀念上的改變，改吃木瓜，而不再是那永不改變的橘子。於是艾梅表示要出去為她買個大木瓜回來。

「我不要再麻煩妳為我服務。」

「我一定要去為你買個木瓜回來，妳回美國後，我們不會再有機會見面了。」

「我記得我說過我們不會再見面的話，妳對我失望嗎？」

「此時我是誠心誠意要為妳做點事。」

她說時眼睛又濕了，兩個人都伸出手臂互抱對方。

「妳已經對朋友盡了最大的力量，所以妳能朋友滿天下。」

艾梅聽了這樣的話就站起來，她實在有點受不了。

「我出去買，你可以洗澡。」她說。

芬並沒有阻止她，艾梅走出房間時，她已經從手提袋裡拿出衣服。柯走出電梯時，看到艾梅匆忙地由房間出來，他們在走廊相遇。

「妳到那裡去，艾梅？」

「去為芬買木瓜。」

「為她？為什麼？」

「不為什麼。」

柯覺得艾梅內心充滿著怨懟，但她的外表很愉快。

「要我陪妳出去嗎？」

「不用，你進去休息罷。」

「她喜歡木瓜？」柯又問道。

「她已經不要橘子了。」

柯目送著艾梅走進電梯後才走進房裡。他進入房裡就聽到浴室裡的水聲。屋子裡這時只有他一個人，他頓覺內心空虛和恐慌，他埋身在一張沙發裡，似乎在提防其他外物的侵襲。他閉住眼睛靜坐著，想把一切的思緒都排除自身之外，他儘量依靠控制的呼吸來平靜心胸。有暫短的片刻，他似乎能掌握住自己的澎湃的情緒使之寂靜，但浴室傳來的水聲又復侵擾著他，像是一陣一陣的浪潮把他軟弱無力的身體打擊和淹沒。他的自我控制完全失敗了，他感到非常不安寧，當他張開眼睛，發現艾梅站立在門邊觀察他，他沒有想到她會這麼快就轉回來，心裡感謝她現在已經在他的面前了，他終於恢復神志清醒過來，站起來，帶著嚴肅的態度看她。

「妳這麼快回來是我始料不及的，艾梅。」

她走近他，雙手捧著一個出奇大的木瓜。

「我並沒有故意要快回來，」艾梅解釋說。「柯，你誤會了，我出去也有一刻鐘了，旅館對面就有一家水果店，我打擾你了嗎？」

「沒有，我正希望妳快回來。」

艾梅把買來的木瓜放在茶几上時，芬穿著一襲長睡衣從浴室走出來，她的容貌原是掛著滿足得意的笑容，但她走到放皮包的床邊時，已經變容了，仍然掛著那一副冷漠且旁若無人的面具。

由於這個發現，使柯驚異而痛惜。隨即他到門外去，呼叫一位值班的侍應生，告訴他添加一個枕頭和幾支牙刷。那侍者除了給他枕頭和牙刷外，另外交給他一把沒有尖頭的水果刀。

「這把刀子要幹什麼？」他問侍應生。

「小姐吩咐要的。」他說。

柯想起來了，對他說謝，他轉身回來，對屋裡的兩個女人高舉著那把怪模怪樣的刀子，他說：

「我從來不曾在旅舍借過任何樣子的刀，而這一把，他們也提防著把尖頭部份毀掉。」她們笑著，似乎頗為欣賞柯那與平時的莊重有所不同的態度。他把枕頭放在床上，再過來為她們切木瓜。他把它切成兩半，再由一半分切成三片，然後各人分享一片。兩個女人在交談的時候，仍然各持對木瓜的己見，再說出一些不甚得體的話。艾梅說她討厭木瓜的味道，但是她依然津津有味地吃下木瓜。芬站著，裝出一種陶醉木瓜滋味的神態。吃過木瓜，柯便把刀子用紙擦拭乾淨，交回給外面櫃台的侍應生。他們討論是否出去看晚場的電影，但一看時間，已經不容許了。

於是柯宣佈他要睡眠了，他躺在靠牆的那張單人床鋪上，把被單蓋在身上，芬仿效著柯的舉動，也霸佔著另一張床鋪，並且對還坐在沙發的艾梅說：
「做做好事，今晚還是讓我一個人睡。」
艾梅說：「我要睡在何處呢？」
「妳和柯一起睡，我不在乎。」芬說。
「這是什麼話？」柯說。
「你們兩個應當在一起。」
「假如我要和妳睡呢？」
「那是萬萬不可以的。」她說。
「所以妳還是和艾梅一起。」柯說。
艾梅把天花板下的吊燈關掉，房間裡只留下床頭燈亮著，她在芬的身旁躺下。剛才的一陣小爭論使此刻顯得異常的安靜，有如大家屏住了呼吸，凝神聆聽空氣中留下的迴響。柯輕輕地起身，走到茶几旁倒一杯開水，隱密地吞下一片外出購買回來的安眠藥，然後又回到他的床鋪裡。那兩位睡靠在一起的女人似乎為柯的這一詭祕的舉動而引發了另一次交談的興趣，因為睡前的沉默是一樁令人十分苦惱的事，總是希望經由說話獲得會心的和諧。她們輕聲細語地談起來，在那一頭的柯不太注意她們說什麼，只等待著藥力的發作而睡去。他想到應該吩咐侍應生明天清早六點鐘叫醒他，於是他翻轉身提起電話筒，然後交代了這件重要的事。他放下電話筒時，朝對面床上躺著的兩個女人瞧一眼，藉著昏黃的光線看到艾梅也望過來的笑容，而芬直望天花板，一臉的冷傲。

「各位晚安。」柯說。

這時兩位女士同時回望他那有些古怪的行動，柯像個害羞的男孩拘謹地平躺著，緊閉著眼睛，他突然感到有點軟弱的倦意，頭腦裡覺得昏沉，意識漸趨薄弱和模糊，最後他聽到芬對他的一句評語，「他聰明，但為聰明所誤。」以後兩個女人是否再發生什麼爭執或如何評論他，他就完全把他們置之意識之外了。

她們交談了一陣之後，曾叫過他，才知道柯已經完全睡著了。

四

翌晨電話鈴聲把柯驚醒，他翻身起來，看到艾梅早已瞪著兩隻大眼睛注視著他。

「現在什麼時間？」他問艾梅。

「我想是六點鐘。」

「我想知道確實的時間。」

艾梅起來走去翻找她的皮包，柯走到衣櫃前穿衣服。

「我的表不見了，」艾梅說。「我想我把它遺留在德化社的中國飯店房間的枕頭邊。」

「是嗎？」柯站著望著艾梅的表情。

「當然是。」艾梅有懊悔的神情。

「妳高興那樣？」柯有點惡毒地說。

「怎麼會？」她生氣了。

「妳的潛意識要妳那樣做。」

他說了走進浴室去刷牙洗臉，艾梅跟著走到浴室門邊，她說：

「我送你到車站。」

「現在還十分早，我一個人去。」

「我和你一起去。」

「妳要怎樣就怎樣。」

「你不高興嗎？」

「我非常高興。」但柯的臉陰沉可怕。

柯要離開時，對芬的睡床注視一眼。芬清醒著，只是不動聲色地像一隻大蜥蜴爬伏在床鋪上，單薄的白被單貼敷著她的肉身，那樣子的確十分動人。但時間似乎不多了，柯和艾梅靜靜地走出去。

城市街道在一片灰色的天空覆蓋之下，景象有如嫠婦的蒼白面孔，他們沉默地走過一排走廊，柯停下來買一瓶牛乳和一套燒餅油條。到了公路汽車站，一部開往鄉下的汽車停靠在站牌邊，他們並沒有再多說什麼話，他們是這樣地互相瞭解而不必由話語說出來。柯走上汽車，坐在靠窗的位置，艾梅站在柯的窗口下，他們無言地注視片刻，車子開動了。柯握手說：

「再見！保重。」

「你也保重，再見。」

他們又互相揮手，再也不能說什麼了，車子迅速地轉過彎。艾梅走到走廊上，她的眼光一直跟著車子轉了一個大彎駛向街道來。柯在車子裡，回望時只看到艾梅移動的身影，然後就看不到了。艾梅走著昨天下午從日月潭到達台中後下車所走的那一條走廊，她來到那家汽車行，站著尋找那張蒙娜麗莎的大照片，但那張照片沒有了，她心中失望極了，彷彿蒙娜麗莎是一個真人被人帶走了。但她一面走一面想著：蒙娜麗莎是遠古的女人，她不能在現世復活。她內心並未完全絕望，她自覺她的完好存在，於是又舒坦了起來。

附記：本篇與〈山像隻怪獸〉、〈夜湖〉、〈寓言〉連成為四部曲，是最後的樂章。（〈山像隻怪獸〉發表於《聯合報》副刊，〈夜湖〉、〈寓言〉發表於《現代文學》第四、五期）。

散步去黑橋

午睡醒來，我對童年的靈魂邁叟說：

「散步去，邁叟。」

「在這冬天？」

他有些困惑。

我穿上風衣，從架上取下呢帽戴在頭上，臉上戴著眼鏡，彎著腰在門口穿上輕便的鞋子。我站在屋外的馬路上，向左右四周環望。邁叟察知我在猶疑，不知舉步何方。

「去那裡？」邁叟問我。

我沒有回答他。我信步往前走，走過新建的旗山橋，從新社區的道路經過。幾年前這裡還是綠禾青青的稻田。前面不遠的相思樹林密佈的小山，山後有一片經常為牧童放牛的草地，那裡是我春日最喜愛徜徉仰望天空雲彩的地方；我想到應該去看看那邊冬天裡的情形如何。鎮北的虎頭山像漆綠的金字塔峙立著，秋日我曾前往爬山，一羣穿草綠衣服的兵士住在神殿的附近房舍。夏日我泡在海濱的淺洋裡消磨暑假，這不用說了。七年前我回鄉居住時，因為還未找到職業工作，比較喜歡在沙河的河道遨遊，那時污染的情形還不太嚴重，猶有幾處乾淨的水草之地；現在所有的垃圾都運到河床來，從沙河橋望下，那自然美麗的河道被多姿多彩地傾倒著污泥和工廠的廢料，從那裡行過，空氣中散佈著惡臭的氣味，魚都死了；如今是這種情形，我已多時無法再臨近沙河。

水廠的鐵門緊閉著，門柱有石板刻鏤漆成紅色的字。邁叟駐足觀望，他別具慧眼，眺望過往的風景，記憶著舊時的事物。我甚感莫名其妙這一帶樓房雜建的社區有何特殊的景物讓他瀏覽，吸引他的興趣。

「看看這水廠是原來木匠人家的舊址。」邁叟說。

他指的是姓歐的木匠，讓人記起那位長腳而瘦黃的兒子歐賓。據說父親和母親結婚時用的新床是那老歐和歐賓合做的，也是他們兩人合抬送到我家，我們兄弟姐妹都在那個古式的木床降生。從來沒有看到過比歐家的人更沉鬱和怪異，他們和我家是很好的朋友，關係可以追溯到祖父的時代。小邁叟曾在木匠人家屋前的玉米園到處奔跑，青黃的莖葉迎著北風搖曳著。

「歐賓有一隻老洞簫。」邁叟又說。

我學吹的第一隻洞簫是憂鬱的歐賓砍竹頭親手製作送給我的。

「還有什麼事，邁叟？」

「他們喜歡在屋前的籬笆內種花，各種顏色的玫瑰，高盆的蘭花，他們屋後有番石榴樹。歐賓的新娘子跑掉了，沒有回來。」

「邁叟，」我說。

「不是嗎？他們的番石榴果子的心是紅的。」邁叟特別記得吃過的果子。

「我知道，紅心的番石榴並不好吃，尤其是當皮肉軟黃的時候。」

後來他們搬走了，把土地賣給胖子廷輝建造一座燒磚瓦的窯子，煙囪高過附近的山丘；邁叟說站在我們家門前觀望，飄飛的雲彩好像棉花糖纏在那高聳的煙筒上端。雨後天青，彩虹總是從窯子的壁角升起，弧跨過小山樹林的末梢。小邁叟曾跑過去想摟抱彩虹。

「你捉住了嗎？邁叟？」

他從家門開始奔跑，一面跑一面眼盯著彩虹。當他還距離幾十步遠的時候，猶清楚地看見彩虹像煙柱的模樣，紅色最為清晰可辨，但再向前走幾步，便突然在臨近時看不到它的影子了。

「它一定害怕小孩，」邁叟說。

「沒有抱住彩虹總是可惜。」我說。

「不要說了。」邁叟失望極了。

當胖子廷輝破產後，這塊地轉手他人；燒磚的窯子拆毀了，煙囪拉倒了；十幾年後變成現在的樓宇。

有一條歧路上去小山丘，但順著平路將邁向遙遠的地域，邁叟不假思索的說：

「去黑橋，」

一座橫跨過溪流的，被柏油漆成黑色的，兩旁沒有欄干的板橋映現在腦中。就這樣決定，我和邁叟一拍即合。但我還有疑慮：我是否能走到那裡；黑橋現在距離我有多遠我無法估計。邁叟說這是一條曲曲折折的田丘路，經過漫佈的稻田、池塘、山坡和農舍。如今這一條舊路徑是否還清晰可辨？一條新闢的通往圳頭里的大馬路在鎮北端延伸到長碑再到圳頭內。舊道是遠在三十多年前，當我未入學之前，為了躲避空襲而遷入山區暫住，是我們全家和這條水的農村人家與市鎮間交通的必經之路。父親安頓我們家的小孩和母親住在黑橋對面姓呂的農莊，只佔用他們一間廂房。父親是鄉公所的職員，仍住在街上的屋子，在假日他才到農莊來。如今人事全非，父親已經逝世將近二十五年，大哥玉明也離開人間有十五年，母親遠在北部與二姐月娥住在台北木柵，兩位妹妹遠嫁到美國，而我七年前浪跡回來時，鎮上的老屋曾空了好幾年。我驚訝於老屋的低矮和陳舊不堪的樣子，修整過的街道，水溝的暗坑設在門前，時常屯積街上的污物，一遇下雨便溢出道面，像水塘般在屋門前氾濫。我曾經多次向鎮公所建議設法改善，負責建設的人卻不加理會。據說當新都市計劃規劃時，那位建設課長用他的妻子的名義買去數處畸零地，且把旗山橋過來的道路向南移，使原來應該面街的住戶反而縮到巷衖裡，而圖利他自己。

「無論如何，我們總是依賴著父親。」邁叟說。

「有父親在，情形就會不一樣。」我說，「邁叟，父親曾否幫助過別人？」

「幫過那些農夫是一定有的，他曾管過山林。」邁叟說，「那時情形很糟，可能因為他總是替人請願和說話，所以光復後受排擠失勢了。」

「還記得父親請朋友在家喝酒的情形嗎？」

小邁叟那時蹲在牆邊，觀看他們大人喝酒和說話。

「他們說你是個聰明孩子，是不是？邁叟。」

「好像都是這樣說的。」

但父親不在後，小邁叟曾在街頭賣冰棒，他遇到那些和父親稱兄道弟喝酒的人士，他們對小邁叟望一眼掉頭走開了，小邁叟回家告訴母親說他看到他們。

母親說：「你最好不要上前去叫人家。」

小邁叟承認說他絕對沒有，他知道母親話中的意思。母親在父親死後辛苦地擔當養家的責任。

邁叟變得沉默，他必定厭煩重提這種往事。他顯出無助的樣子，在成長的階段裡他曾埋怨父親。

走過水廠，所有的景物便有了明顯的劃分和區別。水廠花圃的聖誕紅花在風中搖曳著，像當年歐家的玉米穗，這是市區邊陲最末的一間屋子。邁叟的醒敏在我心的深處發出顫動。農夫在一條菜公溝的邊地種植蔬菜，竹林和休耕的田畝展露於眼前。一座墳墓與道路十分接近，在那面向道路的小坡上；那黝黑的墓石勾動著邁叟。

邁叟說他從來未敢正視任何墓石。

「我想像一個人會靜躺於泥土之下就感到害怕。」邁叟解釋說。

關於人會死的事實，我無法說服邁叟卸除那番恐懼的心理。我說有一天我也會永眠於泉下，邁叟卻堅持他不願，他說他永遠會存在。

「邁叟，你是依附著我；沒有我，就沒有你。」我說。

他頗為憂傷地回答說：「如果有一天你不再讓我寄存，我就獨自遨遊寄於天地。」

我不知道怎樣去安慰邁叟；我明白他為何自小不敢正視死亡；我深深同情他獨自存在的寂寞。所以我不想與他爭辯一切的事實，尤其當我長眠於地下讓他於未來孤獨飛遊的時候的事實。

前面又有一片較廣大的山坡草地，那裡的一座墳墓式樣很優雅。

「但是，你聽我說。邁叟。」

「我知道你有一天總要丟棄我於不顧。」

「邁叟，那時會變成怎樣已不重要。」

春日我曾屢次行過那座大墓前面，邁叟已能原諒我自由自在的漫步郊野。

邁叟望我一眼。

「她們是一對姐妹在一起，記得嗎？」

「當然記得。」

「能那樣的在一起也是頗足安慰，是不是邁叟？」

邁叟怪異地慘然一笑。

那年夏日海浴中的一天，有一陣狂潮把湯吳素妹女士的兩位剛長成的女兒捲走吞沒了，當大家聞知了這件不幸的事，惋惜之聲在黃昏裡喧嚷傳遍了全鎮……

「你已經詳述過這件事了。」邁叟打斷我。

「好吧，現在我們要真正上路了，因為時候不早，如能到達黑橋，再返回鎮上，恐怕要黑夜了。」

邁叟說這段路到湯家的大水塘為止都很平坦。過去的牛車路現在鋪上柏油，我感覺（行路）很輕易，但邁叟卻覺得太堅硬，堅持泥土路柔軟，更適於步行。對於這一點我也不願和邁叟去爭論。總之，關於風物的改變雖是隨人事而更易，但我明瞭邁叟的說法自有他的一番道理的真價。我甚至不能對他直言我同情他的處境，這樣反而傷了他的心。

於是我和邁叟約定好，我最好傾聽他漫談記憶中的人事，關於現世呈現的一切，我不和他作辯。

他反而說：「我也沒什麼好說的。」

我簡直無法瞭解他現在的心境；我更不知道要怎樣討好他。當我在四處流浪謀生的時候，我很少邀約童年的靈魂與我作伴，直到回到誕生地的故鄉來，他才再度出現與我成夥。在平日我賣力工作時，我實在沒空理會他，讓他寓伏在心靈的最幽深黑暗的一角，猶如被棄的孤兒。所以像現在我有好心情攜他出來散步，他那積壓的委屈的抱怨便整個排向我來，如果我不遷就他，深恐他會憤而告離，黑橋便去不成，到那種地步，我自己就不知如何是好，只好半途而廢，折返回家。我心裡明白：沒有邁叟就沒有黑橋。

從遠山會聚而來的小流水，在這一段稱為菜公溝，是臨近農家公共取用澆灌菜蔬的意思。小邁叟記得和大哥玉明在此釣土泥鰍和鱉魚。

前幾年，有一天黃昏約在吃飯的時刻，我經過街上麵包店的走廊，看到一位衣衫單薄的老年人，赤著腳在麵包店門前顯得遲疑不決的樣子。我特別注意到他穿的舊布褲子一腳長一腳短的邋遢模樣，他滿臉思慮而嘴唇不斷地動唸著什麼；我認清他的臉的特徵想叫他，但他看我走近時轉身避我。我走過後再回頭看他，他依然在那家麵包店的走廊上，腳步踏進去了，卻又退出來，這樣來回數次，我怕因我的關注而妨害他，終於走開了。一路上我百思不解，因為這個人是我童年時極端熟識和親善友好的人，他曾經在光復初年經濟不景氣年代，挑甘薯接濟我家，是個很體面的、有智識的、懂得醫術的農夫，為何年老會變得這等落魄的模樣在黃昏的街頭流連，看起來與那種失神的病患沒有什麼兩樣。

我望著菜公溝那一岸邊的田地，突然想到這件事，於是我問邁叟說：

「你不會不記得土奎伯吧，邁叟？」

「誰會忘懷他？怎麼樣？」

「你還牢記他的模樣嗎？」

「我記得清清楚楚的，為什麼你要這樣問我？」

「你頂喜歡他吧，邁叟？」

「你瞎說些什麼，誰能比他更仁慈？」

「這不是叫人誤解你了嗎？」

邁叟回答說如是這樣就要誤解，世上難有瞭解的事體。

「是你擺出要我誤解你的態度，邁叟。」

「我的態度有什麼不對啊！」

「你顯得任性和厭煩，邁叟，當我提到他時。」

邁叟不服氣地說：一個勤勉耕作，仁慈待人的人還有什麼可說的，難道要特別請拐腳阿萬在通霄街上打鑼宣傳一番嗎？

我想他的想法沒有不對。

「可是邁叟，你態度實在不對啊。」

他卑視我一眼，向前走，讓我瞧著他清癯瘦小的背影。

小邁叟高高站在長板凳上，手中握著毛筆，在桌面上鋪著的一張長條白紙書寫著：

虎死留皮

又換另一張寫著：

人死留名

寫完他把它們訂在石灰壁上，退後幾步，站在門邊右斜頭部看看，又左斜看看。當母親和姐姐到隔壁人家編做草蓆，其他人也外出工作，只留下小邁叟一個人看家時，他總是寫寫畫畫來發洩心中的種種奇想。有時他會注視牆上孫中山先生的遺像良久，直到感覺自己的臉部像孫中山先生那樣嚴肅為止。這種舉動對於一個剛入學不久的小邁叟而言，自有他默默然萌生鼓舞的啟示。

土奎伯無聲地走進來，看小邁叟在自導自演的情形。小邁叟在桌面上繪畫時，土奎伯坐在長板凳上顯出很讚賞的樣子。

「你替我繪一張地圖好嗎？」

「什麼地圖？」

「我們中國的地圖。」

小邁叟拿出一本地理教科書，翻出全國地圖給土奎伯看。

「就是這樣的，」土奎伯說。

「多大？」

土奎伯雙臂伸張比著。

「一大張嗎？」小邁叟問他。

「是一大張。」土奎伯說。

他從台灣衫衣袋掏出五毛錢給小邁叟，要他買一張大白紙，用水彩繪一張中國地圖，要寫上各省省名，省會，名勝古蹟，山脈和河流，越詳細越好。

「你幾天能繪好？」

「一天。」小邁叟回答。

「不管幾天了。」土奎伯說。

「是一天就能繪好，我馬上去買紙。馬上畫，還有時間。」

「你畫的好，我挑一擔甘薯給你們。」

土奎伯這樣說。

第二天，小邁叟親自把畫好的地圖送到土奎伯農家去，土奎伯將它釘在牆壁上，他表示很滿意，答應明天早上一定把甘薯挑到家來。

記得許久許久，那張紙都變黃醜化了，依然還留在牆壁上。曾經到過土奎家去看到那張中國地圖的人，都會問土奎地圖是誰畫的，土奎說那是街上天賜的小男孩繪的。

邁叟記得土奎伯和父親說話的聲音總是柔細而謙虛，他和粗言粗語的其他農夫不同，當他稍稍激奮地談論到選舉和三七五減租的事體，談到農會繳糧和配肥等種種問題時，臉上泛著赤紅的顏色，彷彿批評他人是一件很羞愧的事。

「我冒犯你了嗎，邁叟？」

「我不喜歡說那些沒有什麼好說的事。」

「你指給我看土奎伯的家是那一間土塊屋。」

休耕後種植白蘿蔔的田畝上露出幾家農舍；視線越過菜公溝，明顯地看見分開有一段距離的兩戶農家的土塊屋。

「不是這間就是那間。」邁叟說。

土奎伯還有一位哥哥叫土敏。

「我時常也搞錯這家是那家。」邁叟又說。

前幾年建築土地猛漲，物價升高，農產品卻一直被壓低，把自耕的農夫搞慘了，我看到土奎伯神經地徘徊在麵包店門前就是那時候。

但最叫邁叟難以忘懷的才是那位土奎伯的弟弟啞巴，他叫土什麼沒有人知道，這種可憐的人總是得不到正名，只知道叫他啞巴。啞巴也會寫字看書，聽人說話，卻不能說出話來。他們土家四兄妹，還有一位小邁叟暱稱她為阿婉姑的，是個羞答答的漂亮大姑娘。他們的田產分成三個部份，老大土敏佔了最大，他的妻子很早死了，又娶了一位比他年輕十幾歲的女人。母親和那位後母娘很要好，當父親過世後，她開始做買雞的小生意，他們農家養的雞鴨就賣給我母親。可是土敏伯比較不常來我家，而最常來我家的是那位和阿婉姑合夥的啞巴弟弟。他幾乎每到街上就來我家走走，就是沒有什麼事，也要進門來看看，習以為常只停留一分鐘也好，好像我家能給他什麼安慰似的。

「邁叟，他的情形怎樣？」

「他看起來滿臉怒容。」

「他有什麼不高興的事？」

「誰知道，他看來很喜歡計較，也許對他的兄弟不滿。」

「土敏和土奎都是善良的農夫，為何會對啞巴弟弟不好呢？」

「很難說，家內事，總是說不清。」邁叟說。

當然在分家之後，必定自顧自己的事了。

「他後來怎樣了，邁叟？」

「可憐，他死的很早。」邁叟說。

「是自殺或生病，邁叟？」

「全是，先生病後自殺。」邁叟說。

「怎麼搞的，沒有人救助他嗎？」

「生命的事，很難說。不要再說這些過往的難解決的問題了。」邁叟顯得不耐煩了。

湯家的大池塘就在眼前了，這口池塘有點怪，是成四方形的，邁叟說它無比的大。

當母親第一次牽小邁叟經過發現這口大池塘時，他感到很驚懼，它的形狀很恐怖；當它滿池時，水藍有波浪，像海洋，那天就是這種樣子。

「不見得，現在水快乾枯了，看起來只是中等的池塘而已。」我說。

「你根本不知道當時池塘情形。」

那時小邁叟不能想像女人們為何敢在池邊洗衣服，他害怕得緊緊捉住母親的衣裾。小邁叟是個膽小鬼，他害怕的事可多了，譬如蛇和鬼，甚至怕人多吵雜。

阿婉姑住在湯家整落房舍的邊側。現在湯家已經沒落了，紅黃釉彩的建築顯得斑剝和頹塌，看起來到處是沒有門葉的孔洞。阿婉姑始終沒有出嫁，小邁叟很喜愛她那種大家閨秀的姿貌。

「為什麼她不選夫配婿呢，邁叟？」

「我怎麼曉得，」邁叟把臉轉開。

「她不是對你蠻疼愛的嗎？」

「她總不能嫁給我呀，這不成為她不結婚的理由。」

「到底是什麼原因呢？」

「問她去罷，嘵舌鬼。」

我猜想阿婉姑自識太高，因此誤了青春。她的弟弟啞巴死後，她收養一個名叫春子的女孩子。春子長大後嫁給台北人，阿婉姑把那一點點田產賣掉，跟隨著到台北住。之後的情形如何就不知道了。那年我回鄉來時，意外的阿婉姑來看我，她變年老了，告訴我她的養女春子不孝順，她只好回通霄住在原來的房子。有一天我特地去探訪她，發現她和鄰居之間甚不和睦，因為人家嫌她老姑婆一個，萬一有什麼三長兩短，不免要讓別人添麻煩。我剛回來不久，親自動手修理破房子，也還未找到職業工作，連續失業了半年多，也不知要怎樣為她設法。她生病了，到鄰鎮一家天主教贊助的醫院去看病，她把苦情告訴醫生，醫生將她介紹到關渡的教養院去，不久聽說她在那裡死掉了。

「現在該怎麼走，邁叟？」

他望望往北的下坡路，又看看往東的上坡路；在歧路口不但我感徬徨，連邁叟亦顯得猶疑不決。

邁叟坦白的招認，當時走這條路都是跟隨大人，從未曾單獨來往於鎮街和黑橋；他說他根本記不清分歧路的走法，那時赤足行走，他的頭總是朝下，小心竹刺刺傷腳底。

邁叟顯出難為情的樣子，他看我舉足不前心中甚感懊惱；我從未見過邁叟像今天那樣繁思纏繞的不快樂神情。

而誰也不敢先開口說轉回頭。

站在歧路口風勢很緊，天空灰雲行走的甚快，這種灰雲再密集壓低一點就可能下雨來。

「怎麼辦，邁叟？」

我問他，他催我四處看看。附近有幾戶人家，土塊茅草的屋子空蕩蕩的，好像不曾住過人。邁叟說三十多年前就是這種模樣子，一點沒變。這些屋子住著那些只靠區區的雜糧田過日的農夫，他們的子女長大了，大都跑到城市去謀生，或到工廠去做工，留下年老的人家與鋤頭為伍。

我發現幾個男女小童躲在短牆後面探頭望我，他們發出嗤嗤的笑聲。一定是我衣帽的穿著有點怪樣，我自覺沒有什麼不妥，但鄉下小孩總是少見多怪。有一位較年長的女孩知道我已經發覺了他們，便嚴肅地站出來，並且告訴其他人繼續做他們的遊戲。我向他們走過去，他們顯得有點畏懼跑開了。

「喂，小朋友，請問黑橋往那一條路走？」

我停住，他們也停住了。

「黑橋？」那個女孩疑惑著。

有一個笑了，全都跟著笑起來。

「是黑橋，」我說。

我的臉故意裝得親善一點。

「我們不知道。」

「黑橋呀！」我叫著。

「紅橋，」一個小孩子跟著說。

「白橋，」另一個也跟著。

於是一片哄笑的聲音，紛紛說出各種顏色的橋名。我像個大呆子一樣被他們嘲笑一陣。

我明白了；想想這羣不滿十歲的小孩，那裡能知道三十多年有一座黑橋。

我自己也以笑來解嘲。

「邁叟，現在根本沒有黑橋呀，」

「即使黑橋是遠在百年前，我們今天也要去看看。」邁叟擺出頑固的樣子。

「但是，黑橋現在根本不存在呀，邁叟。」

「這羣小孩當然不知道，他們不知道不能證明黑橋不存在。找和你一樣四十來歲的人一定知道黑橋的存在。」他堅持說。

他說的也有道理。我倒佩服他：我腳軟他心硬的毫不通融的神態。

「現在那裡去找人，看不到呀，邁叟。」

「那麼選一條路走罷。」邁叟說。

我根本不知道如果走錯了路到底誰倒楣，十分八九邁叟黑心不在乎。

我不甘示弱。

「走就走，」我說。

為了我自己著想，選擇朝東走並不是隨便故意和邁叟賭氣；圳頭里在這一帶山區應該是朝東的，朝北彷彿是通往番社和內湖。邁叟沒有表示異議，他跟著我，依然是那種沉默不樂的樣子。我故意走快拉遠和他的距離，他還是緊跟不捨。我不開口說話，他也沒有想說話的意思。

想想當年小邁叟跟隨大人走一定像現在他的模樣；在他那小小的心靈裡，這條路對他是危機重重；大人在前面走，但他可要注意地面上石頭角，瓦片，玻璃碎，或從草叢突然滑出來的四腳蛇。想想赤足的小邁叟的確很可憐。

山路多彎，前面意外的出現一座四方形的鋼筋水泥的二層高的樓宇，道徑居然通到樓宇前的一塊水泥鋪成的曬穀場。但這戶富有人家門戶緊閉，院子還有鐵條柵欄，沒有看到半個成人，幾個小孩站著望我走過來。我疑惑今天在這山區的成人都藏到那裡去了？漫漫的田地，遠處有一位農夫在砍木麻黃的枝條，被做為防風林的木麻黃被砍成像個悽慘的爛頭鬼般成排站著，那模樣很悲慘很駭怖，叫人心裡直感難受。那個農夫把砍下來的枝條橫擺在田埂上，大概是讓它們晾乾當做柴燒。他距離太遠了，無法走過去喚聲請問他；因為前面的經驗，也不能再問眼前抱著多疑態度的小孩子們，只有硬著頭皮繼續往前走。經過了那座奇特的樓宇，緊鄰著有趣地看到一間歪斜的那種土塊壁和茅草屋頂的舊農舍，屋簷下堆積著柴火的木幹。再走不久，路徑越來越縮小，終於在一條田埂間的水溝中止了，前面是漫漫的田畝和一排排的木麻黃樹。我開始在那些休耕後一部份種植蘿蔔的田地的田埂上繞著走，我將走向何方，我心裡明白我已經陷入了迷路的困境。

「往回走，回到叉路口。」我表示了意見。
「如要回到叉路口，也可以回家了。」邁叟說。
「你知道現在怎樣也走不下去了，回家也好，馬上就是黃昏天黑了，邁叟。」
「那麼你回家，我獨自去。」邁叟說。
他這樣說令人再想到當我長眠地下時他獨自飄遊天地的想法但我還是這樣說：
「開玩笑，你怎麼去法？」
我有時簡直看不起他。
「我自有妙徑。」邁叟說。
我真不懂他的妙徑是什麼。
「憑你的想像和頑強的心志嗎？邁叟？」
「憑我對久違的黑橋的記憶。」邁叟說。
「不如讓黑橋移到你面前來，鋪在你的腳前，讓你走過去，邁叟。」
「我盼望黑橋，黑橋盼望我。」邁叟說。
敢情那只不過是一座小木板橋。
邁叟有如使徒這樣告訴我：晚飯後他們帶著草蓆到橋上，把草蓆鋪在橋板上。他們睡在上面，有的坐著，男女在一起說話。我睡在他們的旁邊，視線朝著夜晚的天空；他們在談星辰，星的名字，以及星的故事。我注意在無數的星中去找尋他們談到的星。他們會指出星的位置，而且一有發現便告訴大家。我細心地記住他們說出的話及指出的星。

邁叟神聖的表情使我只有低頭臣服。

「好罷，依你，邁叟。」

我無可奈何地順服邁叟。

他發命令說：

「朝那相思樹林的山頭走。」

去年聖誕節前，居住在美國肯塔基州的玉美照往例寄了一張賀卡給我，我回了一封信，年初她的覆信又到了，附了四張照片，我看到她那樂觀的笑容感動得熱淚滿盈，她比以前在台灣時更美麗了。平常我和玉美沒有什麼書信的往來；因為是兄妹，反而無論什麼事都覺得十分疏遠，但我卻常在某種特殊的情緒下默祝她的健康和幸福。她寄來的照片中有一張是但尼坐在客廳沙發抱著小斯蒂芬妮斯；在信中，玉美稱但尼為好丈夫和好男人。但尼是來台灣服役時在台中認識玉美的，他們有緣結婚後，但尼攜眷回美國，他體念玉美初次到美國想念台灣，又申請延長服役一年再到台灣來，幾年前，他們終於依依不捨地再回美國定居了。但尼十分上進，馬上進大學讀書深造，玉美也進那邊的中學再補實學歷；玉美說今年聖誕節但尼給她買了一部新車，另一張照片就是那部發著亮光的淺藍色轎車，而但尼自己開的是一部日本製造的小車子。另一張照片是二歲的小斯蒂芬妮斯和讀小學的嘉祺；小斯蒂芬妮斯的樣子像但尼，是個小靈精，而嘉祺比較像玉美，一副懂事知足的溫和樣子。我再回信時向玉美開了一張支票，我說我也許會去美國看望他們。我是在感情衝動下那樣寫的。

「這有可能嗎？邁叟。」

「你那樣向玉美撒謊也沒有什麼罪過。」邁叟說。
「但她接到信一定日夜盼望著我的降臨。」
「你一向感情用事，玉美可不會那麼多情，她的想像力也不會認為你會臨空而降。」邁叟說。
「邁叟，你好不了多少，平常遇到任何一丁點的小事都要發抖，沒有比你更脆弱的東西了，動感情時就像一張薄餅。」
「你知道你沒有能力去，為何要說『也許』。」
「也許有奇蹟，邁叟。」
「你的奇蹟會是什麼？」
「奇蹟就是奇蹟，是不能預先知道的，尤其一個人在最絕望的時候，總有奇蹟出現。」
「我不會相信你說的事。」邁叟說。
「你這小東西都不相信奇蹟，這個世界還有什麼希望。」我說。
「好罷，你的奇蹟不外是中愛國獎券，然後辭掉那份微薄的工作，開始實現你的所謂理想。」
「噉，邁叟，」
邁叟常對別人刻薄地批評，對我也照樣不加體諒，難怪他常自覺孤獨，感嘆沒有知音。
那年夏季，呂家農莊的龍眼樹為颱風折斷了好幾株，正是龍眼成熟的時期，地面上都是掃落的龍眼粒。母親冒著風雨到屋後，撿回來一籮濕淋淋的龍眼粒，小邁叟和大妹敏子喜悅地在屋裡將龍眼當飯吃個飽。小孩子不知憂愁，也不預知未來的艱辛日子，只懂得遊戲、奔跑和打罵。那時玉美太小，只有年紀與小邁叟相近的敏子才懂得嬉戲。每當黃昏，農莊的人家正是忙得高潮的時候，農夫在田裡做最後的收拾，牛隻欲想回家，婦女們走進廚房生起灶火，邁叟和敏子在屋前屋後追跑的更厲害，一會兒奔進屋裡，一會兒又跑出來。

「阿子，阿子，不要那樣跑，妳聽到嗎？」這是母親從廚房喚出來的聲音。

敏子手中拿著竹枝，追到小邁叟時在他的背部打了一下，她轉身跑開，他追她時她衝進屋子裡，他們在屋內繞轉了幾圈，然後她向門口跑，她的腳跨過門檻後轉向走廊，他隨在她的身後聽到她的一聲慘痛的喚叫。

那天晚上小邁叟畏縮得像個小老鼠睡在床上，躲在最靠牆壁的位置，眼神呆癡地望著屋頂的橫梁，一盞煤油燈放在桌上。母親背著腳部燙傷的敏子連夜趕到鎮上去就醫，農莊有人拿著竹火陪她走那條山路。那一大鍋米粥還擺在門邊，大概已經涼了，從粥裡撈出來的敏子的舊木屐沾滿著粥水也擺在旁邊。

當戰爭結束後，我們又回到鎮上的屋子居住。最後一次在黑橋呂家農莊的生活活動，是父親發動全家到黑橋下的水潭捉魚。他做指揮先築了一條土堤，小邁叟和大哥玉明負責用水桶將水潑出堤外，當水潭的水只剩下深到膝蓋，而魚蝦開始焦急地在水面跳躍時，全家大小都下水來，手中拿著小網子，在一片混亂中混水摸魚。然後是一餐與呂家農莊的人的惜別晚飯。父親是鎮上體面的人，又常為不識字的農夫們義務辦事，很自然受到他們的敬重。翌日早晨，有一部牛車裝載了一些簡單的家具，我們走過黑橋回鎮上，而那一次竟是相隔三十多年前的最後一次；走過黑橋，小邁叟的身影也消失了。

關於大妹敏子，我約有十年未見到她，也沒有她的音信，當她在城市混生活時，她曾表示出懷恨母親和疏遠姐妹兄弟的情感，因為她送給愛哭寮的吳家做養女，在我們那段日日以甘薯針過活的時光。我曾承諾要把她贖回來。她在台北和一位美國軍士結婚後到美國去了，她從不直接和我們聯絡，只是告訴她的少數朋友，再由那些朋友轉告我們。我祈願年歲能使她的心靈平靜，像二妹玉美一樣在那遙遠的國土裡幸福地生活。不論她現在成為那一國籍的人，她永遠是我永不忘懷的親人，即使我再沒有機會見到她，但我心中永遠為她默默祝福。每想到我童年的玩伴大妹敏子，我就淚水奔流，心肚酸楚，因為對於她，我心中永遠懷著至深的愧咎，在我永不停息的心靈中，永遠難以平靜。

邁叟瞪我一眼。

來到土丘相思樹林邊，一個多數瓦房密集的農家就在近旁，有一排桂竹做為外面的屏圍，附近也有一口小池塘，和池邊闢墾的菜園。我站在桂竹林邊的道路左右觀察，這條舊有的牛車路是沿著下面的稻田從西北方展伸過來的，我回想如在叉路口朝北走，必定是沿順著這條路走來，那麼無疑這條路是通往黑橋了。

「我記得了，這是羅家農莊，」邁叟高興地抬頭望我。

「等到你記得，我已走了多少冤枉路啊，邁叟。」

「必定要這樣，」邁叟咧嘴說，現在他彷彿變開心似的。

「必定要如此嗎？邁叟？」

「就是如此。」他說。

「是肯定的？邁叟？」

「對你來說是肯定的。」他說。

「假如我們從頭再來也是如此嗎？邁叟？」

「任何人都無法從頭再來。」邁叟說。

「那麼我們的補償在那裡？」

「悟道就是一切的補償。」邁叟說。

「廢話，邁叟，」

「走罷，天色不早了，到黑橋恐怕還有一段路呢。」

我正要開步走，邁叟把我拉住。

「別急，先準備一根棒子。」

「做什麼用，邁叟？」

「記得母親和我們每走到羅家附近，就要在路邊尋找一根竹棍握在手裡，羅家的狗凶惡得很，手中有棒子，狗就不敢靠近來。」

「三十多年前的老狗？」

我疑問地望著邁叟這膽小鬼。

「狗雖不能活三十年，但他們總有新狗。」

不論狗咬不咬人，我也覺狗的怒叫聲很不是滋味。我在桂竹林下隨便撿起一支乾竹條應付應付。

邁叟說：「太小了狗都瞧不上眼。」

我終於笑了，想起來是滑稽透了，邁叟平時明察秋毫，實在也頗有道理，相信邁叟也可以相信整個世界了。

我另撿了一根粗的竹棍子。

「這根怎樣，夠份量嗎？邁叟？」

「勸告你，狗叫時你要裝得鎮靜，表示不害怕牠；牠總是繞到背後衝來咬人的小腿肚，要小心這一著。」

「這點你不用再囉嗦了。」我說。

回通霄的那年，我常到沙河散步，有一次繞過木麻黃樹林走到海邊，經過舊海水浴場的屋子時，雖有人在附近，但一隻高大的警犬看我是生人，牠竟然悄悄地走到我的身後，把我的臀部咬傷了一塊，我責問旁邊的人，竟沒有人理睬我。那次經驗足夠我現在面臨羅家這一關。

「咬人的狗也許不叫，邁叟。」

「走著瞧罷。」邁叟說。

所謂經驗也許並不能夠都應付自如。

邁叟把著心，我放眼提防著事態的演變，預備狗仔什麼時候從那裡衝叫出來；路從羅家的院門經過，我的眼光掃視左右，邁叟謹慎地注意背後。

我手中的棒子故意朝路上的石頭猛打一聲，警告裡面的狗仔不必聽到陌生人的腳步聲就衝動地跳出來挨打。

終於走過去了，連半隻狗仔影也沒有。當我再把眼光朝前看時，倒被一隻蹲在茄冬樹下，兩角平伸的水牛頭嚇了一跳。牠一定早就靜靜地注意到我神情態度的怪異，所以牠張開著大黑眼看我。這隻水牛和茄冬樹圖，給我的印象是水墨畫中樹、岩石、瀑布下的僧人的形象和氣氛。

我抛掉了竹棍後，沒有我想像的那麼遠，走下坡道，在土丘的轉彎處見到了橋。我快速地跑上土丘去觀望，在灰暗的黃昏中，邁叟說：

「黑橋，那就是黑橋！」

我鎮靜且頗不以為然地說：

「但那是一座灰白的水泥橋呀。」

此時邁叟十足小孩似的坐在土丘上，熱淚奔流慟泣而傷感地說：

「是真的黑橋——」

天色在急速昏暗中，一條兩邊有綠草而中間白土的道路，在過橋的那一邊，微彎地通到一座竹林為屏的紅瓦紅磚的農莊；那必定是呂家農莊的屋舍。

那座橋把河水經過形成的深的斷痕的兩邊接通了。

看到這景象，我不再和邁叟爭辯是灰橋是黑橋，是木橋是水泥橋；真理在時間中存在，所以我讓邁叟盡情地去號哭慟泣罷。

小林阿達

第一部

第一章

小林阿達在城市浪跡了許多年，現在他想要回到鄉村的出生地苑裡來。他由南台灣的高雄搭火車回去時是偕同著一位年輕貌美的舞女，她的名字叫做白麗明。在那南方的城市他們是一對很匹配的情侶；她的皮膚細嫩半透明，有一張極其溫柔的圓形面龐，而小林阿達短小結實，在他那張堅毅而明朗的臉面上留著覆蓋式的長髮，他經常穿著在菲律賓買的麻紗襯衫，當他當船員時他曾到過東南亞各地，一條夾臀的長褲使他衝動式的走路姿態顯得很英俊挺拔，而他最大的特徵毋寧是那雙純潔的鷹鷲的眼睛，對著任何人毫無作偽地注視著，代表他敏銳果斷的精神。

阿達是鎮上那位醫名遠播的老醫生的最小的兒子，他的母親則是個日本女人，那個家庭的生活一直是嚴肅呆板而優沃，所以小林阿達小時候是個天真無邪而好玩反抗的孩子，他那叛逆的行為處處顯示他本性的純良，以及過度的渴望愛和自由。在那個熱情的南台灣的城市，那位美麗圓熟的舞女成了阿達鍾情的對象，在他們初邂逅的時候，他們就在那接近的一刻情感深透著對方的靈魂，而深深地互相愛戀著。因此他們在那座城市裡同居在一起。麗明的職業是舞女，但是她把自己的愛和肉體給了小林阿達。阿達想幹一番大事業，經歷了許多時日卻什麼也沒做成；他帶來的巨款全部用光，房子抵押出去，連帶愛人的儲蓄最後也被他花光，他沒有辦法再混跡於那可愛的夜生活的城市；麗明知道他是個有錢的醫生的兒子，所以她賭注般地跟著他回到鄉地，有如他們的愛情的賭注一般。

也許起初這位圓熟健美的舞女的判斷是對的；小林阿達的父親在懸壺行醫四十年的鄉村積資著廣大的山林產業，而這一對老夫婦的其他兒女都已經成家立業不在身邊。阿達曾實在地對她說過他的家庭情形；他的父母已經七十多歲了；他的哥哥遠在日本東京，像他的父親一樣娶一位日本女子為妻，有兩個孩子，是個腦科醫生；大姐亦遠嫁到日本的大阪，已經歸屬日本籍的丈夫；二姐是個商人婦，住在縣城裡；三姐嫁給本鄉的一位小學教師，像招贅般的住在家裡；四姐和她的博士丈夫住在美國，他們是青梅竹馬，留學時在美國結婚，無論如何不願回來；現在只剩下阿達，沒有結婚，沒有任何事業的成就，雖然他曾經想幹一番轟轟烈烈的大事業，卻一事無成，斷斷續續幹了幾年的船員。所以阿達必須回家去，他不能再上船去過呆板的生活，和繼續留在這城市過著那滿是窩囊的日子。他心裡懷想著他的父親的資產，打算用它過他所想的滿意的生活，雖然他出走時曾經和他的父親鬧過非常惱憤的衝突，但他們畢竟是血緣的父子。小林阿達的想法也沒有錯，在他的最清晰的記憶裡，他懷想著母親對他的慈愛，她縱容阿達是因為她在遲暮的歲月生下的最小的兒子。所以那位聰明而美麗的舞女的意念是正確的。因為小林阿達有充分的理由回家；阿達愛她，但他沒有錢；就是沒有任何可資利用的理由，他也要厚著臉皮回家去；當他的錢花光了，外面的世界讓他失望透了，當他一向過慣紈袴的生活方式，他不能在城市的友朋的眼前顯出寒傖的卑小的姿容。阿達想到家中還擁有那麼多的財產，而他的兄弟姐妹大都遠在異地成家立業，只要想到他正值少壯的年紀，就覺得滿心的複雜和混亂，因為他已經什麼事都無法耐心再幹好。那位舞女替他想著：他的父母親已經年高老邁，到底還有多少歲月可活？阿達記起他和父親衝突時父親的憤怒，但他更記住著母親的垂淚；他的父親曾表示絕情之意，不需要他的孝敬和親情，但阿達要的是他們的錢。當他們老去，他要獨攬所有家中的一切，阿達對他的愛人說，那是包括房子和山林的產業，誰也不能阻擋他去獲得那些現有的財物。他認為他的兄弟姐妹已經擁有了他們在成人世界裡應有的一切，而他一無所有，所以家中所有的財物應該歸屬於他。那位狡慧而可愛的女子也這樣表示：當阿達把年老的父母送上山頭後，阿達就可以任所欲為，依照他所喜歡的修改房子，佈置房間，買一部新轎車，把醫院出租，或將醫院關門，把金錢拿去放款收利，結交高尚而氣味相投的朋友，有時打牌，有時到城市來。阿達計劃他夏天可以游泳，冬天爬山，他的生活將充滿快樂和自由。再加上一些浪漫的作風，那嬌美的娘子附和著他。小林阿達有自信的力量，這些計劃在他的腦中不是什麼迷醉的想像，而是完全擺在眼前的即將實現的景物；他向他所愛的女子保證：如有人要破壞或阻礙他去獲得他的希望，他一定要拿出全力給予反擊和戰鬪。的確，阿達現在窮困有如困獸，他和她所說的正是他們最後的生活機會，他不能沒有這些所帶給他的最後願望，也可以想像他沒有這希望的時候，他將會不顧一切地加以全面的破壞和毀滅，因為他是那麼全心全意地愛著他的愛人麗明。

第二章

火車抵達苑裡已是凌晨二時，他們選擇搭乘骯髒陳舊的普通車是因為阿達的身上只剩下買兩張便宜車票的錢。真是到了這種樣相，他們的心裡覺得很難受，否則他們可以在高雄搭乘快速而整潔的對號快車到台中，再僱一部計程車到家的門口；可是如果能夠這樣的闊綽，阿達也就不必回家了。在阿達身旁的麗明看起來倒是並不在乎這些，她認為她也不害怕陌生，她依靠的是勇敢的阿達，而小林心中卻依戀著她，所以他們走過無人有如幽冥的街道時，他們的心是緊緊地結合在一起，他們還能互相交談著，臉上還能綻出笑容，而十二月天的寒風在街道流動，猛烈地吹著他們。

「妳冷嗎？」阿達問她。

「不會，這風吹得人清醒。」她縮著肩膀。

他們偎靠得更近，一隻在昏暗的街道上流竄的狗停住腳，站在屋角水溝的旁邊，伸長頸脖張開裂牙的口腔，對他們咆哮，像是一種怪異而不善的迎迓，帶著一種威嚇的警告。

「死狗。」阿達對那隻土狗看一眼說。

他拉著她的手臂避進走廊，他們聽得出他們自己走路的腳步聲異常的響亮。走過一排街，他們停在一家漆成白色的大樓房門前，阿達駐足且說到家了。他去按門鈴時，麗明移到屋子的旁邊，看到一座燈光暗紅的媽祖廟殿，從敞開的門口可以見到裡面沉靜默坐的一尊尊金身披著彩衣的神像。她的心裡突然有一陣會與自身命運相關的震顫，彷彿驚覺到自己有著什麼不好的罪過。阿達走近來時她說：

「我的家鄉也有一座同樣的媽祖廟。」

那可愛而此刻有點昏迷的女子站在街邊，對著廟殿的中央門口，向裡面的神像合手鞠躬。阿達默默不語，只望著她的動作。當他聽到自家的鐵門鎯鎯拉開的聲響，他回過頭，正看到醫院的藥局生阿福探出頭來觀望，門前的燈光打亮時，正照著他睡眼惺忪的肥胖的豬公臉。阿達拉著麗明的手臂走過去，阿福驚訝地說：

「是你，我以為……」但他沒有說完他的話。他從國校畢業即在醫院當見習的藥局生已有十年了，對主人家的情形十分詳熟，因此對少主人也省略了敬意。

「你以是什麼？」阿達瞪他一眼。

「我以為是急診的病患。」

阿福看到麗明的漂亮臉孔阿諛地露出笑容。「你的死人。」阿達罵他，討厭他那張豬公臉，不大願意與這位勢利眼的奴才計較，和麗明走過他擋在門口的身邊。

阿福朝著他們的背後回一句話：「死人也好，」口中雖說著，卻羨慕地轉過頭去盯著麗明搖擺的臀部，又用他那表示不情願的動作狠狠地拉下鐵門，使鐵板打到地面時發出一聲撞心肝的難受音響。

阿達的母親，一個瘦小乾枯的老婦人，穿著拖鞋以細碎的腳步走出來，看見是她日日眷念的兒子，痛惜和愉快地加快腳步迎接他。

「卡將，」阿達激動地叫一聲母親。

「阿達。」老婦人的聲音帶著欣喜過望的快樂，不明快的眼睛一面注視，一面不停地眨動著。

他們三個人同時站在廊道裡，這位慈祥的老婦人不但欣慰地迎接她的兒子回家，同時亦以歡欣落淚的臉容接待那位標緻的女郎。但那位慣常以傲慢而生氣的臉色待人的老醫生卻站在後面，他戴上眼鏡來注視他那浪蕩的兒子，同時也以懷疑的眼光向那位同來的女人審視一眼，沒有說什麼，轉身回他的房間去了。

第三章

他記得只睡了片刻，就聽到母親敲門的叫聲，「阿達，阿達，」她站在樓梯對著門已經喚叫了多時。阿達聽到聲音，翻開溫暖的被窩，迅速跳下來為母親開門。他恍惚的知覺還不能做清晰的想辨，已經感覺室內充滿了從玻璃窗戶射進來的白色亮光。老婦人拿著一把掃帚和一個塑膠畚斗進來，她站住定睛審視從床裡剛起來的兒子，看到他依然健康快活和美好，她沒有說什麼就開始打掃。

小林阿達從母親的眼光中瞭解到她的關愛和滿意的神情，因此也像他的母親一樣去對她加以關注。他感想著她依然如故，數年前從東南亞回台灣時曾回家一次，她仍然是那種瘦小蒼老的樣子，他覺得他的母親無論如何再也枯老不下去，已經到了衰老的極限，卻是一種自然的衰老，她一向保持身體的健康，臉上毫無病容，但表情有種忘憂和喪失記憶的冷靜，她不停地眨動著眼睛想知覺或記起些什麼，她的嘴唇亦想說什麼，但片刻之後就放棄了。阿達叫她「卡將」時，這老婦人就是這種表情。阿達追問她睡在二樓房間的麗明起來沒有，這位無從說起什麼的老婦像藏著祕密般地搖搖頭。傳達他們母子的情感和事務的不是平常的語言，是靠他們互相投視的眼光和各自的動作來做為他們的思考和瞭解。

老婦人低下頭來默默地開始打掃房間地板積存的塵埃。這是一間三樓的後房，四方形的形狀，白石灰的牆壁的三面有窗子，寬大敞亮的房間中間很特別的立有一根方形的石柱，像是用來撐住屋頂，很適合於當臥室和客室混合的起居間，適合一個自由自在的單身漢，適合於在裡面思考踱步，適合於在裡面睡眠和讀書工作的自我中心的男人起用。室內佈置著一張雙人彈簧床，一個紅木衣櫃，一個極老式的書櫃，一張大書桌，上面有一塊厚玻璃板壓著幾張阿達當船員時的照片，另有一張圓桌配著兩張靠背的藤椅。一隻結滿蜘蛛絲的電扇放在衣櫃旁邊的角落，許多書放不上擠滿的書櫃散放在一張藤椅裡，這並不表示阿達好讀勤學，因為這個書櫃曾經是他父親用過，他的哥哥在讀醫學院時也用過，所以架上的書都是精裝書，阿達讀過的書全都丟放在那張藤椅裡。另外還有空的洋酒瓶和洋煙盒和瓷器的煙灰缸。這就是小林阿達在家裡獨有的巢窩。當他每次賭氣外出謀生不住在家裡時，他總是將它鎖住，因此也沒有人進來打掃，甚至家中也沒有人願意利用這個房間來招惹這個孤僻的人。當他們兄弟姐妹在小時都住在家裡時，便分配著每人有各自的房間，現在整幢樓房可空下許多了，因此更沒有人要去理會這間三樓尾的後房。

昨夜阿達原想和麗明睡在他的房間的雙人床上，但母親堅持要客人睡在二樓的一個乾淨的臥室裡，她表示說還沒有結婚就不要男女睡在一起。阿達想如不是他的房間骯髒，他也希望母親對待她像對純潔淑女的禮待。是的，母親還不明白麗明的身世底細，假使知道，她會對自己的陳舊觀念覺得多餘。但阿達和麗明已經說好，無論如何要保密瞞住她的身份，因為他將以能和麗明結婚為理由，要求老父撥出一筆將來的生活費，當然不是目前需要的幾萬元的小數目，而是包括一生所要幹的事業統統在內的大數目；這是一個要求分產的藉口，至於老父死後他還要想法全部獨佔。

吃午飯時，阿達和樸素淡妝的麗明走下樓來，坐在餐廳裡的兩個座位上，三姐的三個孩子甚不禮貌地分佔三個位子，那位老醫生走路像他年輕時一樣的快速，後面跟著他的老伴，從前面診察室回來洗手準備吃飯。他走進餐廳時，阿達和麗明恭敬的站起來，先介紹他的女伴給老醫生。他並不表示太大的興奮，只點點頭就坐下來。

那位在本鄉的學校當教師的三姐夫出現了，他故作驚喜的拍拍阿達的肩膀，說：「你回來了，」看看麗明說：「這位是什麼小姐？」他的表情因為見到餐桌已經佔滿而有些不快，故意把態度放得輕鬆幽默。其實他是個非常喜愛嘲弄而又態度極隨便的人，阿達早知道他的陋習和不正經的舉止常使母親氣在心頭，此時他竟拿著一隻盤子，分了一些菜，表示自個到廚房去吃，以玩笑的態度抗議他慣常的座位被阿達佔去了。

小林阿達感覺到他的女伴有些不安，暗暗地示意她鎮靜不要理會。然後他們兩個人接受了幾句老醫生的問話，並且簡單地吃了一點飯菜後便離席了。

當他們走到樓梯口準備回三樓的後房時，已經聽到那位小丑的三姐夫和三姐的爭吵聲。他們感覺除了老母親之外，全家都有排斥他們的情緒，老醫生是一種疑問的態度。這些當然是有原因的，他們想的和小林阿達想的一樣的不單純。阿達心裡有數，準備在這開始的時候一切採忍讓的態度。

他和他所愛的女人沉默地倚窗望著屋外，視線越過廟殿花綠的屋頂，遠處天邊的藍色山巒吸引著他們的綺想，那山頂上豎立著一座電視轉播的鐵塔，他摟著她的柔軟豐圓的肩臂，她明白他的意思，一隻手繞到背後環抱阿達堅韌的腰部。之後，他們換了輕便的衣服外出，在街角的地方搭上一部客運車，約半點鐘就到達了一處叫坪頂的終站。

他們走著一條兩旁是農作物的泥土路，朝向那座鐵架的高塔的山頭走去，他們輕快地走著，阿達踏步時搖擺著身體，高興地唱著歌曲；他們有時成一前一後的行列，有時並排互摟著腰部，那山色做著襯景，從背後望去他們像是一對最無憂而快樂的愛侶。

第四章

但是那美嬌娘的面龐，逐漸憂悶暗淡起來了，老醫生固執的意志使阿達無法達到和他做交談的願望，那老鹹魚握有一紙上次阿達離家時寫下的切結書，那張字據裡寫著他分去了他應得的財產，包括十萬現款和購買在城市裡的一幢樓房，父子經過了那一場不愉快的爭吵，像脫離了至親承繼的關係而彼此再也無法用話交通了。此時那個家庭的嚴肅氣氛難以滲入浪漫輕鬆的氣息，有的只是那位三姐夫的低俗教養的諧謔和隨時即興的冷嘲熱諷，阿達的謀算無法得逞了。

白天阿達總是偕他所愛的人麗明去爬山，但漸漸那美人走累煩厭了；晚上他們陪著那位容易忘忽記憶的老婦人去戲院觀賞外國電影，可是鎮街的人總是在背後語長話短的議論著，讓她產生著敏感，而精神漸漸不舒服了。因此，這可愛的女郎變得有些可憐了；她懷疑自己的意圖，只要她在房間裡靜躺下來，她便感覺到自己身在此處的荒謬；她原是生活在城市裡的活潑快樂的女子，有著自由自在的職業和閒適，有著夜生活的有趣的遊戲和刺激，有著穿著愛美打扮自己的樂事，有著各行各業對她迎奉阿諛的異性朋友。她覺得失去了生活在都市的權利便是失掉了生命的意義。她的性情是屬於玩樂和虛榮，所以她在年輕美貌的時候選擇那樣的一條生活之道，而現在她應該擁有的都因為與阿達偈促在這鄉下而喪失了。她像是時時受到監視的囚犯，不但希望難以償願，而且沒有生活的情趣所賦有的意義，對於阿達慇懃的愛撫也變得毫無知覺和感動了。

第五章

她想到她會憔悴在這幢有藥水味的屋子裡，她不再覺得有半點生意，她認為她會為某些人的冷視和惡毒所戕害。阿達的情愛也產生不了效用，她開始有些懊悔了。她憎恨自己為何有那種天真的想法，去相信阿達是她的白馬王子，是個天之驕子；他不是的，那老鹹魚還在的一天，阿達永遠不會出人頭地，他在老父的威嚴之下像一隻柔弱的綿羊。當阿達在城市裡富有時，他是個善於表現和感動人的勇士，打敗圍繞在她周圍的許多男人，贏得她的芳心和醉意。但在這個鄉村裡，他比一個街市遊蕩的孩子更窮困，他只能仰賴那位老母親對他暗地裡的付給。這一切使她覺得無比的羞恥。她彷彿知覺到阿達的家人隱約地懷疑到她的身世，覺得有人在背後指謫她，從她的步態和容貌以及性情猜測批判她。因此她漸漸感到心裡的不安寧，常常無端地煩躁和生氣，甚至產生罪惡的恐懼。

她不敢再去接近那座媽祖廟殿，當她知覺到自己是住在廟殿的鄰近，突然地顫慄和害怕起來。她一刻也不能再留下了，她像一隻知命的鳥飛走了，沒有實際條件的愛情，就像是一間沒有梁木的屋子，經過一陣風吹雨打就會倒塌下來，像夢一樣的破滅了。

當麗明向阿達承諾回來的日子到臨時，他整天守候在車站，從午後到黃昏，直到深夜。他連續等候了三天。最後他向母親要了一筆旅費搭車南下，他在那座熟悉的城市四處尋訪，向那些曾經和他混熟的人士詢問，他們全都表示沒有見到她的蹤影。小林阿達轉到麗明的家鄉去查尋，從那裡獲知她曾在近日回家一趟，但像往常的情形一樣，來去匆匆，沒有留下確定的地址。

阿達無可奈何地回苑裡來，空望著他的愛人能知途而歸。直到有一日，一位曾和他合夥做生意的朋友從北部來探望他，吐露了麗明的消息；那位朋友說他會知道來找阿達，是因為他在北部城市的舞廳見到麗明，從她口中知道阿達目前在家鄉。但阿達得知這個消息再趕往台北時，一切都為晚了，據說麗明和一位香港來的商人到香港去了。

失望而回到家裡的阿達，開始一場無理性的咆哮，憤怒使他添生了難以估計的氣力，用於破壞他眼前所見的一切能粉碎的家具和器物。那位三姐夫想叫警察來，但被老醫生斥止了。老醫生抑制著，叫大家避開阿達的瘋狂以免受傷。最後阿達把自己灌醉在那間無人理睬的三樓後房裡，倒臥在一張鋪於地板上的小紅氈上，有如受傷倒於血泊中的一隻野獸。

第六章

那位老婦人悄悄地移到三樓的後房來照顧她的兒子，雙膝跪在地板上，用她那變得不懂憂慮的呆癡的眼睛注視著他那狼狽的模樣，她用一條手巾擦拭著那流下口沫的嘴，翻開他的眼皮，冷靜地察看他那對充滿血絲的眼睛，因為她抱不動他，她搖動他的肩膀，把他叫醒，小林阿達伸出雙臂，將靠近著他的模糊的身軀狠狠的緊緊的捉住，拉到他的胸前，但聽到是母親的叫聲，他的手鬆開了，且回叫了一聲「卡將」。

「不要緊嗎？阿達。」那老婦人問著。

「卡將，我不要緊。」阿達說。

「你覺得如何？」

「我不要緊，我會好的。」

「你原諒我嗎，阿達？」

「那尼，卡將。」阿達說。

「我不應該來台灣，我不應該生下你，阿達。」

阿達的眼睛含著淚水說：「卡將，我會好起來的，有妳在身邊我會變好的。」

那老婦人將她的兒子扶起來，支撐著他，把他扶到睡床上，要他躺下來，溫柔地把棉被蓋在他的身上。

「阿達。」

「卡將。」

「你要開水嗎？」

「卡將……」他要說的話哽住了。

老婦人用手巾把阿達的眼角的淚水吸乾，但手巾拿開時，淚水又從眼眶裡流下來，阿達神志不清地回答他的母親：

「我要水喝，卡將，我要飲完一水缸。」

那老婦人聽到這樣的話便下樓去了。

第二部

第一章

小林阿達在翌年春天步到屋外的世界的時候像一隻蒼老的山羊，頭頂依然留著往日的長髮，下頷加了一撮短鬚，他出來買蔬菜和水果，走過街市時有些人好奇的望著他的模樣，甚至懷疑他就是那位老醫生的兒子而發出感嘆。人們說：「那不是小時候調皮搗蛋的阿達嗎？怎麼變得這等臭老的樣子？」市場買賣的人驚異地注意到阿達的眼神憂鬱而下垂，像一個病久的人，聲音微弱而低沉。

他的面容沒有表情，還穿著冬天的夾克，把雙手插在兩側的袋子裡。當他提著裝在塑膠袋裡的蔬果轉回去的時候，走到媽祖廟前突然停住了片刻，側著那張蒼白瘦削的臉，朝廟殿裡的神像注視，彷彿忽然記起了什麼往事，使他的眼睛閃眨了幾下。這時一位穿著紅色內衣黑色外衣的老啞巴婦人走近他，推著阿達的手臂啞啞地說著。小林阿達像在夢中受驚般地回轉頭來看她，認識她像她認識他一樣，臉上毫不勉強地，眼睛投出光芒，開始微笑了，親切地從塑膠袋裡拿出幾個橘子和香瓜要遞給她。那婦人推拒著，最後收下了點點頭走開了，走開時還不斷地回頭看看小林阿達走回醫院的背影，她的嘴巴啞啞說著，嘆息地搖著頭，雙手對行人比劃著，臉上充滿驚異和憐惜的神情，然後轉進廟殿旁的巷衖消失了。

鎮上的人誰都認識這位生命力強韌的啞巴女，她年輕時曾生下幾個孩子，丈夫和孩子都走掉了，她神奇地一個人活下來。原來在台灣光復初年，當阿達還是做孩子的時候，本鄉的街市沒有自來水，只有在雜貨店隔壁和廟殿側旁設有兩個大水槽，那時啞巴女背上綁著她的孩子，專門替醫院挑水賺錢過生活，有時還替醫院的房間擦拭地板，所以她對於小林阿達可愛的童年模樣清楚地記憶著，可惜她無法用言語表示出來，在她搖頭和啞啞的叫聲裡，似乎在向別人述說著她曾服侍過的少主人的成長和改變。而在小林阿達與她偶然不期而遇的會面的眼中，他感想著這位啞巴女似乎沒有任何改變，與他幼年的印象一樣，她沒有變老也沒有年輕，但是他卻敏銳地感覺到在他現存的世界中，除了母親外，就是這樣的一個為人看不起和受嘲笑對象的啞巴婦人肯自動過來理會招呼他。小林阿達出來買蔬果是不得已的，因為負責家庭的伙食工作的三姐對他表明她沒有義務為他做飯和洗衣；為了不使自己太為飲食操心，小林阿達決定素食。從他露面的表象，他對於這冷酷的世界變得像贖罪般地心甘情願。

他站在窗邊眺望東方的山巒，注視那座高架的鐵塔，他有時會站在那裡一個上午或整個下午，一架電晶體收音機放在地板的紅氈上任它響著。他有時勉強看一些書，但書籍對他的慰藉很少；他不好學，從小如此，這使他和他的兄弟有了分別，而得不到老父的器重。偶而會有一位名叫信雄的小時同學來和他對坐一個下午，這位碩壯的漢子被目為廢料，自醫學院輟學之後變得神經和呆癡，面目帶著凶惡的仇恨，默默地盯著小林阿達，一句話也不說，然後喝完咖啡自動地起身走了，像他不請自來一樣。他是本鄉的另一位醫生的大兒子，少時酷愛運動，長大後受到父親的嚴責遭到過份的刺激喪失了正常的意識。阿達並不拒絕他的到來，他們曾經有過一段極親密的少時友誼，知道他不會傷害任何人，只要別人不去惹怒他。不久阿達獲知他的家庭遷居了，就沒有再看過他。

在這一年裡，老醫生有一件喜事，那是耳鼻喉科學會邀約他到菲律賓的馬尼拉開會，他準備和他的老伴會後順便去環遊歐洲，他預備了一百萬台幣，卻在那兩個月的旅遊中只用了六十萬元。另外也有幾件老醫生煩惱的事：在東京當腦科醫師的大兒子準備蓋一幢自己的住家需要一筆大款子，前幾年東京物價上漲前老醫生曾鼓勵他蓋房子要資助他，那時他認為一切靠自己，不想急著蓋新房，現在所需的款子非同小可，多疑的老醫生當然瞭解他的意思，因為阿達呆居在家裡的事傳到東京去了。這位大兒子除了表示要分產外，並要他的老父為他購買八隻到十隻的台灣猴子，準備運到日本當醫學研究用途，因為在台灣買猴子便宜，日本猴子太昂貴了。

另一件事是那被視為最美滿最神氣最好名聲的四女兒夫妻突然決定要在美國開一家餐館需要十幾萬美金，他們來信說這件事成功後就接兩位老人到美國居住養老；他們的計劃不是沒有原因的，因為老醫生夫婦遊歐的用款細目被他們知悉了，兩夫婦在美國心理上忐忑不安，據說老醫生還準備在來年環遊世界，同時知道東京的弟弟要蓋房子向家裡要錢，因此才擬出這個計劃來，準備打動老父的心。

住在縣城的二女兒常常為了丈夫的生意周轉不靈回來懇求父親大大小小的賙濟。在家的三女兒看到這種情形挾脅著要搬出去，她憎惡阿達住在家裡，她說阿達的模樣和態度使她精神緊張。老鹹魚並不糊塗，他聰明地安撫目前生活不可缺少的三女兒的幫忙外，對於任何一位子女的要求都加以擱延，並寫信告訴他們家中的財產沒有他們想像的那麼豐足，他準備留著自己用，不分給任何人。猴子的問題他告訴大兒子要等機會，台灣猴子也沒那麼容易買到，價錢也不可能便宜。他之所以這樣決定，完全在提防著家中隨時準備待機而起的阿達，阿達目前雖然安靜和衰弱，卻不能消釋老醫生心裡的懷疑，他認為阿達的沉默樣子就是一種陰險。

第二章

小林阿達在海水浴場的沙灘走著，他越走越遠離人羣聚集的地方。一位坐在太陽傘下的救生員對他的背影瞟了一眼，和身旁的另一個人交談了幾句有關阿達奇怪的舉動，他們常常看到他獨自一人攜帶一些簡便的行囊，一整天都可以見到他在遠處停放木筏的沙丘的地方，有時他泡在水裡很久，游到極深的海洋，救生員雖注意著他，但並不像約束一般遊客那樣去勸止他，或將他叫上岸來。

阿達赤裸著曬黑而結實的上身，只穿著一條舊的暗紅的短褲，他的個子不高，像一個荒島寄生的野人。他在訓練他的足力，鍛鍊耐力，所以來回在軟沙上規律地走著，或在水裡游幾個鐘頭，然後回到放衣服的木筏的地方躺下來休息。他看到一位穿著補綴成花花綠綠的衣服的婦人在木筏附近撿拾從潮水漂來的木片，他走過去看清楚原來是那位啞巴婦人，這一次他立在她的面前時使她嚇了一跳，再看到阿達高興地啞啞叫了起來，看到阿達健壯的樣子，她的臉上顯出欣愉的表情。阿達走回木筏從衣袋裡掏出一張五十元的鈔票，再走過去要遞給她，她像上次一樣堅決地不肯接受而站起來跑開了。阿達追上去，拉著她的手，用懇求而誠摯的眼光要她收下，她臉紅地啞啞嚷著，抬起眼睛時前額充滿了醜惡的橫紋，但她低垂著頭顱時卻顯出羞澀動人的表情，阿達不肯放鬆她，她收下後急速地半走半跑地離開了沙丘，阿達看著她越過大溝，在木麻黃樹林的那邊消失了。

阿達躺在木筏的陰影裡，仰望著明亮而無雲的晴空，起先他的腦中空泛無物，想撲捉什麼感覺而覺得困難，他只覺得可觸膚的軀體外，他體會不出精神為何物。他沒有任何思想，也不明白他剛才的行動有什麼意義。他沒有想到特別要去認為他的行為有何特殊的意義，他不明白他和啞巴婦人的相遇是一種相似和接近，他不會用思辯的方式對自己的行為賦上一種邏輯的解釋，甚至這種不知何種意識所支配的舉動，他也不清楚是否有預先暗設的意識，因為他沒有感覺得出一般驕傲的施捨者那樣顯露一種心理歧視的傲慢，他的臉上只有一種謙卑的微笑，祈求對方接受是為了在某種意識上同情到自己，只是希望能靠踐行產生對自己的憫憐。他的體會使他在望著碧藍的高空時流下淚來。在開始藉靠體會玄思的時候，有些現實的思想來了。他想：他是因為「有」而覺得「不足」，假使他不設想貪婪，他會覺得異常的自足，他會有恆久的愛和舒適，他甚至可以不勞而獲，不像在當船員時必須付出生命和時間的代價。

現在他能感激，但現在誰能瞭解？現在他需要純真的友誼，但朋友在那裡？現在他渴求愛，但愛人在那裡？在現實的自然分類和區別中，他和啞巴婦人之間沒有相似之處，他但願知道他對她的善意的施捨是一種精神的認知。經由那啞巴婦人身世的意象，阿達第一次經由思想認知生命的現象的淒涼和寂寞孤獨。他每天可以從母親那裡拿到足夠的零用錢，母親給他並不計較他的寄生的可恥的樣相，只要她能夠，她希望她的兒子完好地活著在她的眼前。沒有其他的人知道她所希望的這點祕密是多麼重要，除了她的兒子阿達；自從她說原諒我，我不應該到台灣來，我不應該生下你之後，阿達才明瞭他的老母的內心在此異鄉的掙扎。為何人類的行為要去符合一般的俗間的標準，那樣地活在眾人的眼目中只是一種表象的要求，那是一種無感情的生活。可是經由不幸的遭遇而能認知到內心的疼痛的祕密，寧可也算是一種福份，而從此精神緊緊地結合在一起，彼此為對方而活著。

有關那老婦人，現在她的感覺幾近麻痺了，所有的傷口都結成了一層外膜，掩蓋了赤血的肉，而不再疼痛了，但意識上害怕再去觸摸它，只要去按觸它，即使肉體不痛，但會引起精神的驚慌。她是帶著年輕的驕傲而來的，卻在這裡過著受盡指責的生活。所以她一直沒有和鄰近的人家相往來，始終只在那間醫院的家庭工作和過活，至今她還不會說流利的台灣話，她教她的子女也只用母語話。

多麼可憐的一個人啊，「為什麼我以前沒有像現在那樣感覺到我的母親的酸楚呢？」當小林阿達在小學校讀書時，總有一些高年級的學生成羣地跟在背後嘲笑他：「日本囝仔，日本囝仔，屁股一隻秤仔。」為什麼！為什麼？這是什麼意思？除了辱罵嘲笑外，沒有任何意義。阿達的母親在年輕時是這樣的無知啊！現在她知道了，一切都太遲了，但也一切都無所謂了。這是使阿達到處都受到歧視的原因，無論在他有錢或無錢時，全都受到不公平和欺騙。

現在在那幢漆成白色的醫院走廊，在黃昏時刻，總可以看見那位日本籍的瘦小的老婦人從裡面走出來，站在門口前面的走廊，她向北面望望，像要看到什麼，眨動的眼神像在想些什麼，然後向後轉，向南面走廊同樣默默地望著，也同樣像要看到什麼，眼神像在想些什麼，又似乎什麼也沒有看到和想到，約幾分鐘後，她低垂著頭走進去了。這可以想像，她兒子阿達不在家，她期望他回來，心裡掛慮著他。有時她忘記阿達留在三樓後房裡並沒有外出，她也會在同個時辰，比較少有人走動的時候，走出來站著，像一個被調成只有做出習慣性動作的假人。

第三章

「好爽朗的天空！」不止一次小林阿達走到坪頂山的斜坡的山道時，這樣感想著；從他所站立的地方可以俯瞰丘嶺下的村落，農舍散落在果樹園和田畝的中間，那些種植甘薯和雜糧的地區形成一片一片錯綜的色塊，果樹園之外是丘嶺的樹林，紅色土地的道路穿延著，伸入山谷，再由那裡爬升而蜿蜒到山腰消失到山後。再遠處就是從北至南整絡的保元林山和山坡下的梯田，那座電視轉播台鐵塔就架設在最高的地方，而碧藍的天空像整匹布般從山後拖拉到阿達站立的面前，他仰望時又像是迤邐至他的身後，然後消失在斜坡的山頭。

他的身體現在已經恢復到先前要遠航至加拿大時的健康。他感覺身體的健康是一大快樂，在這帶山區漫遊登爬使他體會真正健康的愉悅和舒暢。他的肺部呼吸的是這兩個山脈之間的空際的透明空氣，有著樹葉發散出的鮮香的氣息；他長久地呼吸這種空氣就像他是這種空氣的一份子，整個知覺是空氣的賦有的知覺；就像他航行於海上，連續四十九天，他變成海洋的一份子，呼吸海洋潮濕的空氣，海洋的上升和下降而起伏，只有海洋所賦有的知覺，和與海洋有關的各種奇幻的想像。現在他只有山的幻想，把注意力投注在山的所呈現的各種事物和景象。但是帶引他樂此不疲的常常來爬山的因素是什麼？好像他的真正幸福是藏匿在此處，要他來尋找和編成美麗的樂章，在他思想的圖像裡充滿著有如柔韗在赤裸的女體上那種帶著生命的沉醉和深沉的起伏。帶著在想像裡期盼的呼吸常使胸肺溢滿，有如潛沉於水中要窒息一般。

他把視線從天空和遠山拉回到近處的一隻放牧的赤牛，這種赤紅色高肩的牛在這遍綠的風景裡顯得像在油畫中被描畫出的物體般一樣的高貴，像那些厚厚凸出的色彩充滿了實質的感覺。牛隻立在灰綠的高芒裡，把牠的肚腹之下的部份遮掩省略了，從那凸出的嘴鼻和珠圓烏黑的大眼珠，可以察覺牠驚煞的生之靈魂；當小林阿達靠近時，牠突然地抬頭望他，使人在那互望的瞬間裡閃過自然創造的實在奧祕。阿達和牛之間沒有種類分別的思想，只有生命驚異的觀照；他不停看牠時，牠亦用同等好奇和戒備的眼光注視阿達。

後來阿達坐在流水潺潺的山澗的石頭上，把已經破舊磨損的意大利製皮鞋脫下來，這雙鞋子是他在加拿大的溫哥華購買的，他喜歡這雙舊鞋是因為它們穿起來輕重適合，使他走路時雙腳像兩隻活潑的松鼠。他躺靠在較平坦的地方，天空的形狀是扁平的，他的視線正好面對著背著陽光的兩棵高聳的松樹。松樹生長在崖壁頂上，陽光從松葉間透過來，這互相貼近的兩棵樹的枝葉，互相伸夾，像兩個狀極親暱的人像。這使阿達回憶著遙遠的昨日與他所愛的女郎在此歇息時優雅的赤裸的擁抱；雙旁的崖壁把外界隔絕了，他和麗明在清朗的冬日的陽光下，赤裸著浸在冰冷的清澈的水裡；他注視她細白的雙腿蕩漾在水光裡，水流微微地衝擊著她柔平的腹部，然後分開由腰間流去；那腹部的平坦和廣闊有如經過最細心的工匠所特意琢磨的玉石；她的雙乳是他所見最滿意的兩個果實，成梨形而微微下垂，撫摸和掌握時有著柔嫩的彈性。但現在那兩棵並立的青松的最高傲取代了他心靈的渴慾和懷念，它們此刻在陽光的襯托裡像是為紀念而設的黑色牌坊，是屬於自然的莊嚴的精神標記，使他在孤寂中卑視著人間短暫易逝的幸福。

在這一年的山區的漫遊裡，小林阿達經歷了許多圖像標記的奇遇，這種人與自然圖像奇蹟式的交感，是人類汾濁的生活裡難以啟開始見的自然的原始精神，使他能夠辨明過去流浪動蕩的生涯裡盲無所知的運動的肉體意志。

可是阿達很難將存在於自然天地的原始精神做永久的保留，它比人世間的幸福更渺茫，因為人世的存在猶能受時間的規劃，但自然精神只能在他的虛無中閃現，因為所謂永恆是他不能瞭解的事物，自然精神所顯現的圖像常為他腦中的幻念所驅退消失，而使他對於真理的崇拜陷於無望。小林阿達辛勤尋找的那精神的指引，一次又一次地被他往日生活的記憶所混淆而迷失；他能覺悟到與自然融合的最清明的欣悅，亦能心受眷戀人間的最污濁的寂寞的痛苦。他希望能專注於心境的恆定，但是卻受盡過去習染的世界流行形式的生活哲學的纏繞和羈絆。

第四章

在這一年裡老醫生的家庭算是平安無事，他的心情始終還陶醉在去年歐洲之旅的愉快和享受的回憶中，在看病的時候，一些唯他是賴的年紀較大的長期病人常恭維他，大都是老醫生的故舊朋友或鄉親，因為當他做孩子的時代，他是鄰鄉姓陳人家的雙胞胎，生活較貧窮，把他過繼給本鎮姓林的望族，受姓林的人培養，以致能在日據時代遠渡日本讀醫，所以各方的牽連關係，親戚朋友和故舊不勝其數，這也是他年紀越大名望越高的緣故。

他看病像個藝術家，憑脾氣用事，有時十分傲慢，有時出奇的仁慈；他對付孩童完全沒有耐心，總是用針筒來做威嚇，而本鄉的人家要小孩聽話，便沿著老醫生的模式，如若不乖，就要把他帶到醫生林那裡去打針；女性的病患面對老醫生總是面紅耳赤，因為他的表情和用聽診器的動作既嚴肅又粗野，如要解開胸衣時帶著遲疑的態度，老醫生便不客氣地動手把她們的衣服扯開，並且還要訓斥一頓她們害羞的念頭。但那些與他年紀較接近的老病人，比較熟悉他的要聽讚誇之詞的脾性，因此在他歐遊回來雖已有半年多，依然還要以這話題向他問東問西，讓他極盡愉快和炫耀地重述他的各種見聞。

唯一的不快是他親自聽到阿達罵他為「老鹹魚」。事情經過是這樣的：浴室的煤氣爐自裝設到現在已經好多年了，不但舊貨不好用，還有些毛病，自阿達回來之後才經他細心發現，他曾警告過如不趕快換新，恐怕有一天會出問題。這件事又在那次他酒醉鬧事的時候曾嚷出來，但當時大家把他當瘋子野獸根本不理會他說什麼。事隔一年多誰也忘掉了阿達說過的事，而且又不曾真的發生什麼事故。不幸那位年輕的女傭人在開火時竟然爆炸了，把她的頭髮燒去一部份，好在沒有損傷到面部。小林阿達聽到爆炸聲和驚呼的叫聲，從三樓後房赤裸著上膊衝下來搭救，就在老醫生也趕來觀看時，阿達朝他的正面說了一句「老鹹魚」三個字，然後從老醫生的身邊憤憤不平地走開了，老醫生站在那裡迷糊了一陣，經過幾天似乎才想通這句話是指他而言。這件想通的事不僅是像猜謎語一般瞭解到那三個字的意義，而且他開始覺得阿達還有些道理和可愛的地方。

不過想通也許是自然親情的作用，對於其他許多問題的全面瞭解，恐怕還有觀念上的差異；在某些問題上，老醫生並不能夠退讓，照樣擺著他威權的神態，他的自我獨尊就是一個敲不破的硬殼，不論在家庭裡，或是對付外面的世界，他就像是個土酋長。

但對於阿達那句「老鹹魚」的激勵，使老醫生在人情上有了跨越的顯示，譬如有一位鄉親帶了一位年老的人來給他看病，醫治了半個月後有些起色，在結算醫藥費時，老醫生竟然分文不受，而那個人便帶來了一隻剛捉到的猴子來送給他。去年他的大兒子由日本寫信來要求收購猴子的事，因當時收購沒有來源已經作罷了，不過他看到這隻小猴子很可愛，馬上決定不送到日本去，要留在家裡飼養，他甚至表示將猴子當實驗品是很不人道的事。

過了幾天，那位在縣城做生意的二女婿來看他，老醫生表示願意出點資金讓阿達和他去做陶瓷藝品的生意。他叫阿達下來商量是否願意去做；阿達一向非常討厭二姐夫那種生意人的滑頭模樣，聽到要他去和他一起做生意，毫不考慮地拒絕了。

不久，那位曾經和阿達在高雄做裝潢生意而失敗的朋友，就是那位前來走告麗明行蹤的男人，再度來苑裡探訪阿達，看他是否有意再到城市去求發展，可能的話是否有錢再投資金合夥做房地產的生意。由於上次的經驗阿達心裡已經有數，再說根本就不可能有一筆做房地產買賣那樣的大數目的金錢。這位朋友表示要和老醫生談談，阿達肯定地表示他已沒有那種賺錢的興趣和念頭，阻止他不必和老醫生去說項。但對於他再三邀約他去鄰近的台中一遊卻沒有拒絕。

那位朋友帶阿達到舞廳去，自從阿達回鄉下後，這是第一次重臨他過往生活特色的場所，但當他和舞女跳了幾支舞後，他就不再想跳了，沉默地坐著想了一些問題。他體會不出當初時和舞女接觸的那種雙方心情愉悅的感覺，不但是舞女覺得小林阿達有些孤僻讓人不瞭解的地方，阿達也覺得她們絲毫沒有可交通的靈性，和第一次他與麗明如電觸的交流感應相比，她們都太枯燥乏味。舞女們覺得無法用她們習慣待客的方式和阿達交通，而同樣的方式卻能和另外的人談得有聲有色，眉來眼去；阿達本身已經忘懷要表現那種過去慣有的逢場作戲的態度，他彷彿已經厭透了這一切的無用，而表露出異常冷靜的凝視，這種眼光發出自他那對銳利的鷹眼，格外令人感覺害怕。

最後那位朋友要留他在台中過夜，問他是否想帶一位舞女出場去吃宵夜，阿達輕輕地微笑了一下，搖搖頭。

「你怎麼搞的，小林？」

「我已經沒有這種情趣了。」

「我看你很不對勁，這是怎麼一回事？」

「沒有什麼事。」阿達說。
「你在為麗明守貞？」
「胡說。現在的事已經與她沒有任何牽連了。」
「難道你都不想要，沒有感覺？」
「這不是要與不要，感覺不感覺的問題。」
「這怎麼說？你到底做何打算？」
「這不是能和你說清楚的事。」
「你不要故作姿態，難道我不懂你，阿達？」
「過去是過去，一切已沒有關係，如你想要我依你的話去做什麼，那麼你實在枉費了一片心機。」
「我們不是最要好的知己朋友嗎？」
阿達默默望著對方不語。
「我們一向就是好朋友，」那人又說，「我一直把你看成我的朋友，你不知道嗎？難道不是嗎？只有我想到你，想要來看你，想要和你再去幹一番事業。我們是真正的好朋友，你要這樣承認，我和你是永遠最要好的搭檔，像個兄弟，是這樣的，你不覺得嗎？」
突然阿達這樣說：「我的確不覺得，也不知道我有所謂的知己朋友。」
「但過去我們是知己，你不看過去，阿達？」
「過去已經過去。」

「這是什麼意思?你沒有人性?」

「我不管你要做什麼,我希望你不要管我要做什麼,因此我們不要談過去的事。至於現在,你應該可以看出我們沒有相同的願望。」

「我們有,過去我們有,現在未來還要有,願望是人想出來的事,只要你再和我到城市去,無論南部或北部,甚至在這台中市裡,我們就會和過去一樣具有理想和希望。」

「現在不同了。」阿達輕蔑地表示。

「難道你一點都不在乎別人對你這種態度的感想?」

「現在我根本沒有想到有所謂別人對我的感想,過去也許我是在乎,因此我受到一重一重的痛苦打擊。」

「可是阿達,你是一條硬漢呀。」

阿達沉默片刻,心裡產生厭惡的感覺。

「你是人啊,阿達。」

「是的,因為我是人,我應求上進。」

「不錯,你說得不錯,我們要求上進,你說這個很好,我們要賺更多的錢,享受生活。」

「我應該關心關心一般人所不關心的某些事。」

那人覺得詫異,問他:「那是什麼事?」

「就是現在的社會所不再重視的個人心靈,個人與宇宙之間的問題。」

「你瘋了，小林阿達。」

「我現在清醒了。」

「你騙人，阿達。」

「在某種意味上是騙人，而且讓人難以相信。但我認為這是實在和重要的事，因為在我所說到的關於個人心靈，個人與宇宙之間的問題裡，使我能擴大視野，能夠啟開久被蒙蔽的心眼，在忽然的際遇裡瞧見奇蹟，看見某些莊嚴的圖像，這些圖像充滿在自然的一草一木的象徵裡，驚覺這些自然的圖像竟然是存在於我們平時忽略行過的眼前，而這裡面隱藏著自然的精神，使我們的一顆心嚮往這種精神所指引的方向去，只要你能虔誠受這種精神的引導，你就會深覺感動和幸福。」

「這不是太可笑嗎？現在誰會相信你這一套說詞呢？就我而言，我認識你，你是一個輕浮而有衝動個性的人；就我所知，你的智力不高，不懂得應付一些生活上或事業上對你打擊過來的問題。當你有錢時，你揮金如土，當你沒有錢時，心焦如焚。你是個感情用事者，不知道應用理智，因此你不知道如何識人。你知道忠於麗明，愛她，為她做一切的事，但就我所知，女人的愛情是不可靠的。你們回鄉下的計劃我都明瞭，但你知道你的父親依然健朗，甚至還可以再討個小老婆來遞補你那瘦乾的母親。而你自己在家庭中的地位也並非你自己所說的那麼重要，所以麗明看清了這些以後，她聰明地溜走了，你還有什麼尊嚴，何必奢談心靈和宇宙的屁事？這是我要點明你的地方。現在你卻裝成先知的模樣來嚇唬我，我又不是不懂這些騙人的玩意，你所說的都是老掉牙的騙術，我們人活著有我們的實體，這個實體是可看可聽可觸摸可感覺的東西，有我們人類生活的理想，我們所想的所做的絕不超出人這個範圍，超出這個範圍便是毫無根據的虛無。」

阿達沒有再理會他便離開了。他走在夜晚的街道上，朝車站走去。他想著剛才幾近衝突的一幕，慶幸能夠離開那裡，甚至是永遠離開那種他曾經迷醉過的紙金色豔的場所，尤其是離開像那樣的朋友真是一大幸事。他會在過去與那樣的人稱兄道弟做朋友實在荒謬，不過這一切都有原因；他會在過去做荒唐事的原因都不是單純的，而是可以追索根由的，他是帶著叛逆報復的衝動做出那些事來，而遇到那樣的人把他當成朋友和知己。不錯，那樣的人是聰明的，見機行事，因此有機會把他勾引住。他剛才所說的生活的實體，生活的理想，我們所該做的不要超出人這個範圍，這種話是一時使人無法辯駁的，使人必須順服這種頗為實在的說法：這種說法是有力的，更使人去順服說這種話的人，然後進一步和這種人做朋友，以為是志同道合，因為凡事他們是抱著理想，有著所謂生活的指標，所求所得都是共有和分享，甚至能夠結合一股力量對抗阻礙他們要達到理想的路途上的敵人，有點像大馬路上跨大步昂頭挺胸的流氓，他們是有姿態的，所以路上行人必須走避，也不能和他們正眼對視。他們奉行的是正義，口中談的是道義。是的，當你第一次聽信了他的話，當你和他做朋友加入了夥，當你信服他的偉大時，你就成為受他指揮的人，受他的擺佈，你必須為他奉獻出你的一切，為他的要求做出表現和成績來，甚至必要時為他奉獻出生命，以換取對你的讚譽。但是其結果如何？真相如何呢？一旦理智醒敏的檢討所作所為，無不與那些說來動聽的語詞大相違背，與人類所賦有的良知秉性毫不相關，只不過是另一個盜賊集團，充滿了奴役別人和發散野獸的味道，充滿了個人私慾或權力的獲得，這就是他們的真正目的，正如那個人所謂的理想不要超出人這個範圍，所謂生活的理想就是生活的實體，起先是共有和分享，最後則不，像某種主義所繁衍的老鼠會的募款組織，招募基本的會員，然後要求會員再去徵召另一些會員，只要招募到多少數目的會員就有多少報酬，這樣一層一層疊高成金字塔，而永遠剝削後來的人類。

突然從背後一個警察捉住阿達的手臂，把手臂反轉著使他不能動彈，那個警察指他頭髮太長，要他到警所去，他只得跟警察一起走，到了警所那位警察問他為何深夜還在街上蹓躂，是否想幹什麼壞事。

從被無辜的逮著到走進警所，阿達都表現得很溫良，沒有抗拒，他知道在那種威權和控制之下，反抗和辯白是無用的。當那個警察坐下來準備登記他的名字時，他乘機推開椅子衝跑出去，然後快速地轉進一條暗巷，出到另一條街時遇到一部開來的計程車，他迅速鑽進去，對司機說開往郊區。那司機表示不願離開市區，阿達說你要多少錢都可以，只要帶他回家。

第五章

這是一個秋收後有陽光的天氣，天上有凝成形象飄飛的雲，在那坪頂山上高高的鐵塔的下方，滿山坡梯田中的一個小小田畝，阿達躺在一處稻稈堆積成屯的草䕡邊休息，眼望著天空，看到雲一朵一朵飄去。就在他躺臥的位置更下方的田裡，田土已經犁翻過被陽光曬成半乾，有幾個猶在初冬赤足的農家小孩，在那裡造窯燒甘薯，但那相隔的距離使阿達聽不到他們細聲的吵嚷，而他們也不知草羣堆有個人，而互不干擾嫌厭。

早晨在家裡的樓梯口遇到他的父親，他的老父穿著星期日整齊的西裝，準備攜帶全家大小到天主堂望彌撒，看到阿達穿著牛仔褲和夾克像往常一樣準備出發去做他一天的遨遊，突然把他叫住，從衣袋裡拿出一張當地警察局送來的罰款單遞給阿達，阿達接到後在他老父的面前把它撕成兩半丟棄。「最好把你的儀容修整一番，阿達。」老醫生說，看阿達的舉動惡劣並沒有半點生氣。阿達準備辯解，但老醫生繼續說：「山上有人下來告訴我，你用竹桿打蛇，把牠拋到半空，你用石頭打農家的狗，還有女人在田園裡工作，你經過時大聲唱歌。」阿達回應說：「你相信他們這樣說嗎？他們的意思就是這樣嗎？你能想像前後情況怎樣嗎？你去裁判吧，父親，我不願再為這些瑣事浪費我的口舌了。」「有一位和尚說你不禮貌。」「他是乾淨的嗎？」阿達走下樓梯，走向大門離開了家，到了這個山頂上。

幾年前他準備到日本學電機，在東京下飛機，他的哥哥健治看到他就吹毛求疵把他訓了一頓。開口罵他下流的裝束和沒教養，使他待不住又搭機回來。在這之前，他也有一次想在美國落腳的打算，那時他在一艘跑美洲航線的船上當舵工，他們的船先到加拿大溫哥華，再到舊金山，又轉到紐奧良，於是在紐奧良上岸後他逃跑了，想到洛山磯找他的四姐，卻在加州的一個小鎮被查到，被關在州警局裡，他通知洛山磯的四姐來保釋他，當她和四姐夫看到阿達時，只會大聲啕哭，一點也不會辦事，只好眼看阿達又被移民局的人帶走，把阿達遣送回來。那一次阿達自信是一個很好的機會，如果四姐夫不怕惹事，先花錢保釋他，帶他回他們洛山磯的家，然後辦理探親的手續，在那裡找工作，一切便會順理成章地留下來，現在想起來一切機會都錯過了。他又想到一件滑稽事，在加拿大的溫哥華，他和一位同船的水手上岸到市區去蹓躂，他買了一雙意大利的皮鞋，再到一家酒吧去，一個陰陽鬼怪的人要向他們介紹女人，那人說要先付錢，他拿去了二十五塊美金，其中五塊錢是他的佣金，但他們白等了一個半鐘頭，那人並沒有帶女人回到酒館來。他們去詢問掌櫃的，掌櫃的推說他不認識那個騙去他們錢的人。當他們的船到舊金山時，他上岸去，遇到一位巴拿馬籍的女人，與她同宿了一夜。現在他覺得那些飄去的雲朵，對他不能產生什麼意義，不過，他現在覺得自己依然健在，對什麼也不感到遺憾。那些飄走的事不曾刺傷過他，反而讓他在現在的自由自在裡感到頗為驕傲。他到過不少的地方，在這麼年輕的時候，他浪漫而快活，知道地球有多大，人有多少種類，遇到一些奇奇怪怪的人，包括好人和壞人，而他自己也被認為是個怪人，也有人說好有人說壞。他邂逅幾個女人，對阿達都能體貼溫柔。但這些往事顯然對他已沒有任何意義，因為永遠佔住在他心胸中的只有一個女人。他再次將她的倩影反覆映現於眼前，這時他從那些飄浮的雲朵形象中辨識了她，彷彿他現在還和她一起相愛著，只是她具有超能的飛行能力；在那天空上，她倚立的身姿像是一座最美的塑像那樣安靜，面部的表情和那豐碩的軀體融合成一種神祕的涵義；而她的純白的肌膚是人間嚮往的至寶，濯洗在無聲的清潔的空氣氣流裡；她是一個美麗的安琪兒，阿達這樣以為，他甚至認為是他在午眠中沒有察覺讓一個隱形的撒旦將她拐誘走的。他知道她會再回來，一旦那撒旦的迷藥的效力消失，她回復清醒看清那撒旦的醜惡面目，她會再記起他小林阿達來，因為小林阿達和她始終深深相愛著。他和她在這能攜手行走的土地上，交換過戒指，曾經立了誓約，不論遇到什麼變故，他和她在心底裡依然牢記記著對方；即使因為環境的緣故而分離了，他和她的心都依然深深地愛著對方，因為最後上帝終會使那撒旦顯形，揭穿他的罪惡的行跡，美麗而可愛的安琪兒從人間回到天上，在那裡小林阿達會和她再相會，永遠不再分離。

回鄉印象

一

我的母親指令我必須回家，經過多少年來的猶疑和改變，她終於願意和決定將家族中已經死去的人的遺骨合併成一墓，請人看地理並僱個人負責新造一座大墳墓，我在城裡接到她的通知，為了盡我的一份義務，我不敢怠慢地啟程回到我童年生長的鄉村。

有一時我不太能夠同意母親有關她處置那些先人遺骨的古怪主意，在她身上盤繞的心事既複雜又纏綿悱惻，因為她的歲月經歷了丈夫和兒子的夭亡，因此在她應該安詳地度其晚年生活的時光裡猶然心不平寧。她所要做的事總是憑其一股衝動的直覺意志，完全不顧他人對她提供的合乎理性的辦法實行，她的幻想只是她個人一種自安的條理，卻不合我們簡便和遠瞻的理想。但誰能阻止她呢？她是我的母親啊！我想時間終會使她從那織密的夢中世界的形象裡掙脫出來喘息，她不是一個愚蠢的人，她從來沒有對誰做過一件錯事，她只是意志堅決，但是我更希望她能進一步瞭解綿長接續的人世的整個關係。我讀到她一向頗能表達意思的信後，知道我預期的希望已經來臨，我不但充滿感動，而且把我成長後與她疏遠的親愛心靈重新被牽動著向她靠近。

我的年輕歲月荒誕不經，盲目而孤獨地向那浩瀚而雜亂的世界尋求寄生和安慰，而現在我終於經由一種某時某地某事的洞見的機緣，與母親交語互視的眼光不再像昔時那樣容易迴避和轉開；奇怪得很，我們像久別重逢在另一個新的天地裡，能憑滿懷昔日的種種記憶而對坐沉思，因為對我們來說，悲痛的往事不再認定是一種羞恥，而另外顯現一種新鮮的意義支持我們嚴肅地生活著：那就是過去的遭遇是頗值得回憶的一種甘苦愛情，以及一種被豎得崇高的值得尊敬的紀念碑石，雖然時光蝕滅了一部份優美的紀錄，而猶明晰清楚的是零碎而較苦澀的另一部份，但這無損於價值的完整，只要訴之於知音，一切的光輝便遽然展現和照射。母親的眼淚最為珍貴，粒粒猶如真珠般晶瑩潔白，比露水更清澈，甘美的咽在她的喉頭比高貴的藥材更有益於她的心身。首先是父親早走了一步，年紀未滿半百，然後是大哥尚義，他只有三十二歲，有一段長時間，母親將大哥的遺骨擱置在一處非常偏僻的斷坡的洞穴裡，不讓他和父親的相接近，照她的意思是他們父子之間在世時有過一段永不開釋的憤怨。她的歲月就夾在如此不能平衡的交迫裡。信上她說：「時間過長了，污濁的靈魂受天地的洗滌後已可交融。」所以她最後決定將我的祖父、父親、叔父和大哥合墓一起。

我進門時，她坐在廳堂的搖椅裡，像與另一個自我打賭僵持了有幾天那樣，看到我的回來終於鬆懈了在她臉上刻劃的頑強思慮的表情，綻發著自信勝利的笑容。她在家中是一個權威，孤獨而霸道地統治著唯一剩下來的男子的我。但長時我有意離她遠遠地，她總會藉故招我回來，看我會不會還遵命服從她。

她在獨自微笑之後，很快因審視我而恢復她原樣的態度，嚴厲地批評著：

「臉色總是蒼白，一個單身的年輕人，尚志。」

我無言以對；我不必要屢次都說我在醫院每天日夜不停地工作的那種明顯便於託辭的話。她的批評反而好，我回來心裡早有準備要在她面前表現謙遜使她愉快，如讓她什麼都做主張便能與她和悅相處；過去我曾挾新教育新知識新觀念的種種和她詰辯，不但未能輕易說服她，反而加強她的固執，最後以不歡而分別，然後用極冗長的時間和精神分隔兩地以書信再來融接感情，以便產生下一次的見面。這些過程檢討起來只是我的淺薄和不智罷了。

晚飯後，那位僱用來造墳的人來了，他悄然的出現嚇我一跳，我感覺著一股神祕瀰漫在他的形貌上，不知他從何處而來。我們在院子裡拉一張椅子請他坐下交談。

「傻仔，」母親這樣叫他，對他介紹我說：「這是我的第二個兒子，在城市當醫生，他下午剛從城市回來。」

「嗷，」他的眼睛突然發亮，看我一眼。

他約四十五歲左右的年紀，光滑的臉上顯得一片誠懇，但他的形貌混合著怪異和呆癡的氣質；他說話時露出聰明達理的光采，但偶而沉默低垂著頭顱便顯得暗淡而孤僻。

當他沉著地說到：「是啊，春天濕氣重，我會一甕一甕把身骨拿出來曬日頭」時，他看來又是可駭和親切的事物的混合化身，使我對他的本質無法洞澈。

我想這種人是我罕見的，也是稀少的，不知為什麼使命塑造出這樣費解的人物。

他拿了最後一筆工程費的錢後就告辭了，離去的身影給我的印象，像出現時一般從黑暗中來又回到黑暗中去。他提起的是一種非常特殊的無聲的腳步。據母親說，他是本鄉裡唯一僅有的撿骨兼造墳的人。

「為什麼他叫傻仔？」

「自早每一個人就這樣叫他。」

「他的姓名呢？」

「姓曾，名字什麼我也不知道。」

「他住在那裡？」

「長碑墳山邊。」

「那邊是一個村莊嗎？」

「只有他一家。」

「他不是一個人？」

「他有妻、有子，去年娶了一個媳婦，傻仔妻來媽祖廟下願，要是她的媳婦生個男孩，她要做圓仔湯在廟前供人食。」

「他們有錢嗎？」

「現在有了，勤奮工作就會有錢。但是以前傻仔窮得要死……」

「以前怎樣？」

「那當時傻仔得了黃酸病沒錢醫要死掉了，幸好他的妻出來賺……」

母親的話語中的意思是——

我沒有繼續追問，別人的事與我沒有關係，我已經倦了，進屋準備就寢，明天清早我將動身先到墳山看築墳的情形。

二

二十多年前父親告袂時，我剛小學畢業考進鄰鎮的中學不久，我個自離家到城市去當廣告畫學徒，後來被母親找到了，帶回來繼續唸書。十多年前輪到大哥也去了，我正在服兵役，之前我在醫學院就讀在省立醫院當實習醫師。他們都草率地葬在沙質的南勢山墳地，只有五六年的時間，墳塚就塌陷，棺木腐爛，馬上要撿骨遷葬，那時候我建議造一座家族的墓園來容納所有家族的遺骨，但母親就持著異議要個別築墓，她在生氣之下把我趕走，不讓我的所謂合理的新思想破壞她那迷信的主意。我分不清她對丈夫和兒子之間的情感到底孰重孰輕；在這世界裡只有這兩個人是她最為親愛和重視的，可是不幸這兩個人卻水火不相容，一個是持著莊重而中庸的人生觀處世，而另一個則蓄意要成為藝術家。她就夾在這樣的兩個極端個性之間，情緒始終起伏波動不停。還有那位沉默者屠夫阿火公我的祖父，據說他和我的祖母邱氏進入中年後就不合分居；阿火公亦早亡，我們家祭阿火公，而姑母家祭邱氏，據說姑母是邱氏和另一個情夫所生，才有這種分別。但這些家事卻非我親眼目睹，母親嚴守著這些祕密。還有那位天來叔據說在十七、八歲時因與邱氏發生口角而跳水自殺的。這些家族往事母親對我守口如瓶，目的是不要我受他們魂魄的影響，但是一位遠房的叔父卻告訴了我這些。他來負責大哥的埋葬事宜，他當著許多友好面前毫無顧忌地談尚義生前豪爽好酒愛女人的事蹟，那些朋友都承認屬實，把尚義行為的微妙處都揭出來，當作樂事般歡聲笑著，好不令我驚訝，就在他們剛把尚義埋在地下的時候。然後這位封神阿叔再把我單獨留下來，在夕陽西下的時候坐在剛掩好草皮的墳塚上講家族的諸種往事。之後，他說：

「尚志，輪到你了。」

我心中憂鬱不堪，他卻好大力地拍我的肩膀。

「現在你們家只剩下你一個男人了，」他又說。

「什麼？」我抬頭看他，表示不明白他的意思。

「看你的表現啊，尚志。」

「表現？要我怎麼做？」

「你的上輩人都早過身，不成任何事，所以你要懂得自愛。」

「嗯，」我點頭。

「你應該明白，死了什麼也完了，但活著時……你明白我的意思嗎？」

「嗯，」我又點頭。

「你聽我說，做個男人像你的父親是不錯，從不害人，不欠人，有學問，好講究生活，也懂得約束，但我看他太保守，沒有進取心，管教子女太嚴。而像你的大哥尚義那樣的人也不壞，依我看，他看破人生，縱情所欲，不留後步，每天離不開酒和女人，這點是成全了他也戕害了他。你說是不是，尚志？」

「我不知道，」我說。

「我看你不是傻仔，」他說。

「我是什麼？」我說。

「你是什麼是你的事。走罷，日頭落海了。」他說。

雖然我已有將來的職業目標，當我服完兵役後就是一個正式的醫生，但我的心身卻處在徬徨的困境裡。

在一個幾天的假日裡，我穿著一般的便服前往鄰鎮，想去拜訪一位在中學時十分關照我的童子軍教師。我走進我曾經修業三年的中學校，我到處走了一圈，發覺學校裡當時的舊老師已剩下不多，在我探問之下，據說那位學生十分敬仰的童子軍教師已因偽造文書罪離開了。然後我漫遊到廟堂前的市場攤子吃午飯，我蓄意要回味著當年與同學們中午時間來吃炸鯽魚、魯肉飯和肉圓湯的情形，那些做飲食攤的生意人，依舊圍著一條油污的白布在腹部，依舊動作草率快速，可是我不說話表明，他們並不認識我就是當年的學生顧客，廟前場地的雜亂污穢和擁擠的人潮已經侵擾著我而使我深感厭惡，想著脫離了昔時的參與，現在已無法再適應這種污濁的氣氛。飯後我覺得無處可去，正想著應該迅速離開趕往車站，再到城市去消遣餘下的假日時光。我走過一條狹窄的長巷，兩旁連綴的房舍只露出短短的屋簷，正午的陽光直落在巷底，我靠牆而貼，希望頭部能夠受到一點蔭涼。突然，一位倚貼在磚門內的婦人伸手拉著我手臂的短袖，羞意的眼光半張著瞟我一眼，臉上裝出一股做作的笑容。

「什麼事？」我確實感到詫異，問她。

「進來坐啊，」她再度伸過來的手顯得猶疑和顫抖。這個婦人年歲不輕了，卻含情脈脈地注視著我。

「我沒有時間。」我說。

「少年人時間多的是。」她說。

我被蠱惑了，走進去，她帶我到一個房間裡。她把唯一的透光的窗戶的布簾拉上，屋裡瞬間變幻成一種暗黃和褐色的情調，就像那古老而簡陋的神祕世界擁有的深沉的氣氛。我感到窒悶和心跳。這種半腐的光色使躺臥在床上的裸體更趨於誘惑而使人迷醉；開始時有一種互相侮辱和欺騙的感覺，但不久她突然變得異常的激動，我不明白她為何會有甜醉得幾近啜泣的模樣，在這樣的情況中，我十分受感動也十分清醒。

我漸漸知覺頭邊有一股沁鼻的香味，發現一朵乳白色的香花嬌柔地結在她耳邊的黑髮上。不久，花香似乎已瀰漫了全室。

她想起來穿衣服，我重又把她拉回到床上。

「不可以了。」她特別的羞態冷酷地斥責我。

我改變了主意決定要和她共度我的假期時光。

「我要走了，」她又說。

「妳去那裡？」

「回家，這不是我的家，我不是那種女人。」

「那麼妳是什麼人？」

「你走罷，我沒空陪你。」

「是妳要我進來的，妳還說……」

「你明天再來我就陪你，現在我要趕時間搭車回家。」

「妳騙我，妳只不過想再接別的客人多賺錢，妳要多少錢我都照數給妳。」

她沉默了。然後毫不偽飾地說：

「不錯，我是為了賺一點錢，但我也受不了了，今天只有你一個人就夠了。」

她把臉轉開去，起來穿衣服，我觀察她修長的身段和細長的腿部的特徵，她的態度很拘謹，她真的不是那種女人。

「妳叫什麼名字？」我感到好奇地問她。

「你想和我相好？我可以做你的姐姐。」

「我不在乎這些，我想要知道妳。」

「你明天來，我就告訴你；我知道你不會來了，所以我現在告訴你是白費唇舌的。」她說。

第二天爽約的是她。這是我第一次經驗，顯然我表現的過份貪婪和多情，但對於她含隱不露的身世的謎卻令我無法忘記。

三

我醒來時天未亮，昨夜早睡，因此有一股要早起的欲意。我無事可做，便到廚房煮早飯。等母親起來時，早餐已經準備好擺在桌上。母親以為我在想討好她，反而置疑和不悅，我瞭解在早晨的時刻她的情緒最不安穩，她必須在內心裡掙扎很久才能安好地過這一天。這也是她留在鄉下，我住在城市的另一個原因；她自知她的脾性會妨礙我的工作和生活。我瞭解任何一個人都無法完全控制好自己的脾性而能刻意地表現出謙讓他人的態度，何況她的年歲已高，正是她能任所欲為的時候。我和她對坐吃早飯，我的心裡警覺著，但一面儘量放鬆自己，希望不要在她的種種挑剔和批評話裡去和她發生爭吵。可是一切要發生的事均不可避免。

「你沒有必要現在去走一趟。」

我有點疑惑，我的心情似乎依然是那樣反覆思疑，猶疑不定，就像是一位歇斯底里症的老婦人，昨天已經答應我去，那麼她要我回來做些什麼？擇定的祭日還有幾天，我不願呆坐在家裡等候，而我心中有著極熱切的躍動想去山區走走，去察看傻仔做墓也是順便。

「他們會做得好好的。」她解釋說。

這不是能阻止我去的理由。我並不是想去當監工，我信得過傻仔，昨天傍晚認識他，我就有信賴他的感覺。我不會去計較那些小節的事情，尤其不和一個僱來工作的人。是一股什麼神祕的力量在催迫我，彷彿在久遠之時抑壓著某些未解的事體，我不十分把握清楚那是什麼，或與我去墳山有什麼關係，可是顯然要我在家，或另做別的事，會使我憂悶不快樂。

我在等待母親為我說明白她阻止我的真正理由是什麼。我今早接到的都是她另一種我不熟悉的眼光。

「那麼你非去不可？」

「正是。」我說。

她說她昨夜睡不好，心中充滿了恐懼。

「怕什麼？母親！」

「我警告你，你不可好奇去接近那些骨頭。」

「什麼？」

「萬一傻仔在曬骨頭。」

「為什麼？」

我不明白她在迷信著什麼，我有點惱怒。

「這不可理喻，母親。」我說。

「古早人說的總是對的。」

她開始列舉某某人家的子孫如何在窺見之後家道敗落。

「敗落總有許許多多現實的因素，不是因為窺見……」

「我說的話你最好聽。」她嚴厲的打斷我。
「那麼傻仔他們怎麼辦？設想他要摸骨頭還要吃飯……」
「普通人不能和那種人去比。」
「他們也是人。」
「他們不是。」
「是什麼？」
她的表情由嚴肅轉變成仇恨；我想我的也不會好看。
「好罷，我不去。」我垂下頭來。
突然餐桌上一片寂靜，繼續進食已不可能。我低頭沉思，但意識到母親依然用那種我所痛苦的眼光觀察我，我知道她永不會讓步。
最後她說：
「你是對的，他們也是人，不是什麼怪類，不應是為了做那種工作就……。但坦白說，任何人都不願和那種人接近，嫌他們污穢和低賤，我也是如此，因為我們都自私。」
她轉變為溫和；她伸過來的手讓我在餐桌上接住。
「我能夠照顧我自己，我是受過知識訓練的人，妳卻一直把我當成小孩。」我說。
「你知道我受的懲罰有多少。」
每追憶大哥放蕩敗身的生涯，她總是如此說。
「那不是懲罰，」我試圖緩和她的情緒。「這種宗教觀念是錯誤的，人生的一切都是普遍的常情。」

「我相信你，你不同於尚義。」

「大哥也沒有錯，那是他的人生觀。」

「你在跟我談什麼人生觀?!」

一句不順耳的話，使她又轉回原先的狀態，裝成怒不可遏的模樣。她以大巫的威嚴看我小巫一眼。我並沒有驚駭，好笑在肚子裡，她已習以為常地在我們相處的時光裡這樣對待著我。我知道，這種情形是因為她溺愛大哥而至今要對我嚴束。

順著由南方吹來的徐徐春風向北走，離開鎮街約半小時的光景即到達那公墓的所在地長碑墳山。山上的晨霧正在消散中，滿山遍野的墳墓似在長夜的睡眠後醒來露出面孔，在灰白稀薄的視野裡，我看見頂上有兩個工作的人影，我尋著雜亂的墳墓之間的曲曲折折小徑走上去。這時背後一部機動的鐵牛車跟隨我到達山腳，停在休息亭的旁邊空地，山上有人下來，我聽到他對駕鐵牛車的人喚著：

「下在那裡，下在那裡就好。」

他是傻仔，他和我在徑上相遇。

「你這麼早，謝先生。」他說。

「是啊，你早，我來看看。」我說。

「上面是我的兒子清池。」他又說。

他和我擦身而過，到休息亭的地方和那個人說話。這山野很寂靜，他們的說話聲清晰可聞。

我站在墾開的空地旁邊，那年輕人正在清除一些雜土。他是一位很清秀而有點沉默的男子，形貌與他的父親相似的地方並不多。墓園呈現出初形的模樣，一種舊式樣的設計。我請他抽香煙，他暫時停下工作。

「墓碑運來了。」他說。

「只有你和你老爸兩個人做嗎？」

「兩個人剛剛夠，」他說。「較忙的時候還有我老母。」

「你當過兵嗎？」

「去年剛回來。」他說。

「你原來做什麼的？」

「我本想到城市去，但我老爸一個人忙不過來。」

他把香煙啣在唇上繼續工作。

從山腳下的瓦房走出一位穿花布衣褲的高瘦婦人，她站在籬笆門口呼叫傻仔吃早飯。

「清池，」傻仔朝上叫著，「問謝先生吃未？」

「我吃過了。」我對那青年人說。

「下來吃茶好了。」傻仔又說。

「多謝，我走一走。」我說。

我看到傻仔熱情地拉那位駕鐵牛車的人，他的兒子清池把鋤頭放下走下山去。我走開到處散步，好奇地注目那些墓石上的姓名。我坐在一座規模很大很優美的墓園的短牆上休息。然後我走到相接的另一座山頭去，那裡山區的梯田全都播種著今年第一期的稻禾。這時太陽的溫熱漸漸地曬在大地上，東面的山嶺蒼綠明亮，更遠更高的山呈現深藍色，我的布鞋沾滿晨露的水濕。

等我再走回建築中的墓園，傻仔和他的青年兒子已經把墓碑由山下搬上來。鐵牛車走了。他們正在翻水泥，準備將粗糙的外表再敷上一層光滑，並且要把有圖像的瓷磚鑲嵌上去。

「你到那裡去了，我的女人要你下去吃茶。」傻仔看到我回來這樣說。

「我到那邊看風景。」

「那一頭風景確實不錯。」那青年人說。

「這長碑山的風水算不壞啊。」傻仔說。

他們父子兩人的確工作得很好。我心裡準備走開，早晨我對母親說我不是來當監工；我不想再逗留下來妨礙他們的工作進行。

太陽光已經很熱了。

傻仔挺直腰部，轉動身體朝山下望。

「水還沒挑上來。」他這樣說，但並不對誰。

這時，我感覺原來寂靜的山野突然發出激情的響動；剛才那位高瘦的婦人正挑著一擔水桶從屋裡奔出來，那擔水重使她半跑的腳步蹌踉著，身軀搖晃得很厲害。

傻仔的眼睛顯得幽遠，面部表情淡默而嚴肅。

當那婦人沿曲折的小徑漸漸挑上來時，我已能夠看清楚她的蒼白的臉色。她的臉部的輪廓使我嚇住了。我有些疑問，而且感覺到心跳。她在扭轉腰身轉彎的時候膝蓋彎折了，她奮力地掙扎而有一腳跪在地面上。

「小心。」我聽到傻仔似乎凶惡地叫著。

「夭壽，這款重。」那婦人半笑半怨地說。

我快步奔下山去，那兩隻水桶一隻摔在不平的地面已經傾倒了，水向下流注，但她還是跪著扶住另一隻，顯露尷尬的神色。那青年人搶在我前面把她扶起來。

「有要緊嗎？」傻仔站在頂下問著。「把那桶水先提上來，清池。」

那婦人試著站立，但又回坐在地面上，用她的手不斷地撫揉受傷的腳踝。

「老了，沒用了，」她說。

她抬頭羞澀地瞟我一眼，臉面遽然緋紅起來。

「讓我看看，」我走到她的面前，低下身對她說。

傻仔走過來看到那腫脹的皮肉。

「到屋裡去用薑推推就好。」他說。

「我是醫生，我來做。」

她的眼光盯著我，半閉的眼睛露出明亮的光芒。

當我伸手把她扶起來時，我嗅到一股微微的花香圍繞在她的頭部四周。然後我看到陽光在她灰黑的髮上照出一小片白色，那是一朵結在她右耳上方的白色香花。

當我扶她進屋時，她又自感羞赧地說：

「夭壽密，佳都和（這麼巧）。」

四

祭墓的事過去之後，我無法靜下來再留在鄉下和母親在一起；一方面我在城市的工作催迫著我要快快動身，另一方面母親的嘮叨造成我心煩氣躁。我和她之間常常要經由爭論的形式來做瞭解，雖然一場爭吵絕不會影響到我對她永遠的敬愛，但她對我的心理的依賴常是用關注我的態度表現出來。我極力在避免她將她的無微不至的慈愛情懷，由大哥移轉到我的身上，這無疑會阻礙我的個人人格的成長。她是個堅強無比的女性，可是總缺少新的時代精神的理性，一有機會相處在一起，她便將滿心的關懷傾注出來，不論是我的終身大事或是生活起居最為瑣碎的細節。安靈的工作對她而言已告一個段落，我有那幾年的清靜潛心於醫事，完全得之於她把精神考慮在家族靈骨的安排上，現在我恐懼她會將她的意志施於我的身上。無可避免的，我們要發生層層的討論，但是我卻必須要有一段冷靜的個自思考的時間，來調理我生活的感受。一種我在生活空間偶然所發生的事件的意象的闡明，有助於我產生一種過去對未來的明確的指示；憑藉我的眼光和身歷的經驗，人世的意義不容讓我一直持著主觀的看法。世界的內在比外表的法則更莊嚴，更有深邃動人的內容，使人窺知造物者透過人的工具的細微和幽婉的技巧，且透過人的自省體驗造物的無比偉大和細嫩。畏懼或怨恨都不是，只能循中庸而非暴戾的態度，慎思謹慎地建立人的責任和他應行的道路，消弭自身日漸顯明的自私和邪惡。

「今後是我去看你或你回來？」

在我走前她這樣說。

「媽媽——」

「嗯？」

「我是妳的兒子，妳是我的母親，我們就不必訂定一條僵硬的規則，是不？」我說。

她啜泣著，沒有轉開她的眼光，直視地審察我。從她漸趨冷靜和悟見的表情中，我彷彿明白她洞悉我這幾日來內心的變化所促成的緣由。但除了我祕密地隱藏著真正的真實外，她所易於接觸而感動的是我深沉的外相。她應該明白：在我和她的關係中，我不再是一個單純的親屬的關係的形體；我相信她已清楚我的長大成人，今後我對她除了那不可否定的原始母子關係外，我亦將她視為一個與其他人與我互有分別的個人。世界的客觀是透過基本的主觀認識而完成；認識自我會明確地尊敬別人，而這個世界無不隨時隨地都存在著莊嚴存活的人類，無論他們做過什麼事，悔恨或快樂，高貴或卑下，全都無損於那存在的本質。我的祖父是個屠夫，現今我是個醫生，有人會相信這是一種必然的宿命嗎？——一種綿長生命的曲折的救贖現象。當我自老舊的鄉村世界踏回現代的城市行醫時，我才真正第一次明白我的職業工作的神聖，我不是一個無情的機械，而是具有一個心靈主宰我去工作。沒有人會相信，但我事實上並不在乎。一個被嘲笑或自覺被作弄的人，會選擇變成冷酷無情的現實主義者，一個懷有野心和強烈私慾的人，也會熱心地破壞人類的和諧；但我寧可靜默地關懷人類，我心不忍。

那天晌午我走過媽祖廟廣場的邊陲往車站時，小孩和過路的人都圍繞在廟前的一張桌子，那裡我從人羣中辨識傻仔和他的女人，忙著舀圓子湯遞給伸手過去的人。那位清秀的青年抱著穿新衣的嬰兒站在旁邊，幾個婦人舉手逗他，且撫摸那張小小的面孔。

迷失的蝶

一

夏季一連幾個月，天乾久旱，水源又斷了。那年麗雪高中畢業之後，在小學當代課老師；李木村先生對余福校長說：「這樣她的姐姐麗玲可以監督她，」她第一天上班，穿著長到腳踝的裙子，走路時裙裾隨身體左右搖擺。她的腿不平直好看，小時候像男孩子一樣好玩，在當道路行走的石階跌倒翻滾，右腿膝蓋跌壞了好幾次。現在麗雪是個婷婷的大姑娘，黑色的眼珠，形貌比較酷似她的父親木村先生，顯得細長而憂鬱。在辦公室的位置，麗雪和年輕的彭宗達相鄰；開校務會議時，報告和爭吵常把下午的時間拖得漫長，宗達傾身和她相近，對她細聲的說話。有關哲學的奇奇怪怪的短句，她根本不太瞭解是什麼意思，一句一句連貫不起來。總是那些警語、諷刺話或詩句。宗達拿出抽屜裡的紙片，寫上三兩句迴腸蕩氣的詩語遞給她，她看了之後，在臉上微笑一下。她心裡十分惶恐，因為不知道怎樣恭維他；她靜默地望著那些字，拇指在紙面上輕柔撫摸著宗達有如刀痕的字跡，彷彿她的腦中並不瞭解語中的奧義，卻可以用觸摸來感覺。麗雪覺得迷惑，因此她自覺自己的微笑並不怎樣真誠，可是她心裡又不想使他掃興。她的母親必須到有水井的家裡去挑水；夏天的時候，從山上來的水源枯竭了，水管落不下一滴水。這個礦區的山村，滿山坡都是石頭砌成的矮房子，像腸子似的蒼白色的水管，由山澗引過來穿過每一家廚房的牆壁。當麗雪對校長的報告和對宗達奇異的思想感到莫可適從的時候，她的腦子便出現著她的母親任勞任怨的台灣婦人的卑屈的形象。挑水的工作，每當暑假總是由麗雪來承擔，現在她來學校上班，她就再也不必做這種粗重的工作了。

她感覺宗達並沒有清楚地對她表示什麼；她也沒有祈望他對她表示什麼；她只感覺他的心是向外飛奔的，但又是孤單寂寞的；她和宗達在一起說話，只是因為宗達和別人比和她更無話可說，他和別人比和她更無法和諧相處；宗達來自那裡，她沒有問他這種追查人家底細的事。宗達也不說他自己。所以麗雪並不知道太多宗達的身世，只覺得他和其他教師有很大的不同。當宗達用銳利的眼睛凝視別人時，她覺得他怪異，他冷靜地站在一旁觀察別人談話和做事，顯出專注思想的神態。二年前他來山區教書時，租居在坎下的一幢房子，後來又搬過幾次地方，現在住在戲院旁邊一座陳舊的水泥樓，樓房往下數第二層的一間側房。這幢樓房其他各層的房間也住了幾位單身的教師，主人家都遷居到城市去了，只留下一位嘮叨的老太婆，每月按時向他們收繳便宜的房租錢，晚上十點鐘，如果房客的燈還亮著，她便在走廊走來走去，抱怨電費超出了預算，所以只要聽到她的木屐聲，房客們的燈光便熄掉，等她走過去回到她自己的臥室，再把電燈扭亮。

廖醫生的女兒素琴，總是陪她肥胖的母親來學校的操場打羽球，好天氣的黃昏，總可以看到他們全家大小在做運動。素琴告訴麗雪一些有關彭宗達的事；當那年他初來時，住在大竿林的好幾個女孩子好奇來看這位怪模怪樣的男教師；她們藉故來學校蹓躂，從教室的走廊經過，瞥望彭宗達在教學生做勞作。據說他曾和某一個有錢人家的女兒晚上在禮堂後面的樹下約會；他也曾寫過一封情書給他的學生的姐姐，但那位學生又受他的姐姐的吩咐，把原封信退還給彭宗達，連拆開看都沒有。麗雪聽到這些事心裡沒有什麼特殊的感受，她甚而不把這種事記在心裡；麗雪回答素琴說：彭宗達本身藏有比那些謠傳更引人注目的地方。

李木村先生看來是個神祕的人物，年紀約有五十多歲，不在本地而在外面包承一些不大不小的工程，不像九份的居民，大都是淘金富裕的祖先的貧窮子孫，猶在那些錯綜複雜的地下礦洞裡討零碎的生活。如今金礦枯竭了，興起了某些私人的煤礦公司，台陽金銅公司在這一區域年年要虧損許多錢，現在只留下幾位職員在偌大的辦公室裡。有辦法的人紛紛搬走了，只留下了某些殘民。表面上無法估計李木村先生一年有多少的收益，但他總是讓子女受高等教育；他沉默寡言，像帶著有莫大的憂傷，對子女疼愛和照顧。麗雪沒有考上大學，只得想法就業；她的姐姐麗玲是女師畢業，當正式教師後已經結婚生子；她的大哥還在逢甲學院讀書；另外二個弟弟一個剛上高中，另一個上中學，都在基隆市。九份到瑞鎮有公路局班車，終點在金瓜石；從瑞鎮到基隆有火車或客運車，到台北有直達汽車。當麗雪讀基隆女中時，她的父親說：「她不喜歡讀書，將來要怎麼辦？」但是木村先生最疼愛這位女兒，在他的印象中，麗雪像她的死去的祖母；木村先生做小孩時，他的母親溺愛過他，所以現在無論任何事情，對麗雪也關注得無微不至；他外出談生意，只要能趕回來，從不在外面過夜，回來首先查問麗雪是否在家，看到她，他的心才能安寧下來。

但是右側的雞籠山依然山色蒼蒼，早晨最先看到陽光在那片面東的山坡亮麗起來，垂下的山腰是通往金瓜石的道路；那座山怪氣得很，九份這邊是活生生的人的石屋，那邊是有點灰芒的死人的墓石，沿山腰的小徑佈置而去。秋天之後，芒花漫山，暮色先由海面升起，白霧像熱水鍋的熱氣漸漸向山面伸展過來，在那幾時刻的辰光裡，觀看奇景的變幻，附近海岬和山嶺最後完全包繞在帶濕氣的雲霧中。冬季的東北風吹來時，掃除石階路上的沙塵紙屑，滾向西南面的樹林。然後聖誕節到了；這本不是我們的事，但年輕人都有熱衷於在這個節日裡的玩樂。那年十二月二十四日是星期五，是聖誕夜，二十五日行憲紀念日放假一天，下面連接星期日；這幾日某些人的心既矛盾又不安寧。

宗達從教室走出來，在走廊上遇到麗雪，他們互相對看了一下，學生紛紛向外面的操場奔跑，已經是下午最後一節課的時候，他們靠在牆壁上閒聊，無意間，他問她將怎樣度過明天。

「今晚我要和素琴到基隆去，那裡有舞會，我們在基隆的女同學每年都要開通宵舞會，我已經得到父親的允許，我要到基隆去。」

麗雪掩不住她的喜躍，宗達靜靜地聽她說，他帶著冷默卑夷的神情望著她。他在思量著這到底是怎麼一回事；他只有想像舞會的模樣，沒有跳過舞的經驗，心裡感覺自己很落寞。

麗雪在敘述往年她在基隆參加舞會的情形時，發現宗達帶著有點惱怒的神態看她；她說完時又發現他僵直不動，抬起頭把眼光移開了。他的眼光從近點飄移到域外的遠處，好像在曠野追視著一隻沒有固定方向的山蝶，那隻蝴蝶飛出樹林，在陽光散播的地方，蝴蝶的本身色彩溶化在刺目的光芒裡，使他再也找不到蝴蝶。

「你到底在想或在看什麼？」

「沒有，」宗達的臉出現微笑，但那是一種裝作的表情，掩飾他內心的情感，並不顯示他的心裡愉悅。

「這幾天假日，你要如何打發？」

「我要看海明威的小說《日出》，白天可能到雞籠山寫生。」他很實在地說著。

突然宗達很唐突地問麗雪說：

「妳什麼時候從基隆回來？」

「明天下午，大概是那種時候，父親不准我留到星期日，素琴倒沒有這種限制。」

上課的電鈴響了，學生又紛紛跑回教室。宗達的眼光再從麗雪的臉上移開，投視到山腳下深澳的海濱，那裡午後的濕霧又漸漸醞釀上升。天氣報告說今晚有寒流來襲。

「祝妳聖誕快樂。」

他說完走開，走向操場的邊沿去看奇景，完全不顧禮貌地把麗雪丟棄在那裡；使麗雪心裡覺得莫名其妙的是，他們說話也許還沒說完。關於耶誕節前夕的話題使人產生一種莫有的煩思——一種廿歲左右年紀的人的混沌的思潮，這種神聖日子應該充滿憧憬和希望，卻常常導誤了形式。因此這種假日在東方變得虛張而毫無意義；世故的人冷默，而年輕幼稚的人充滿空空洞洞的喜悅。

素琴從嶺上下來約麗雪時，她還在自己的臥室裡穿舞會的特別衣服。李木村先生憂悶地坐在客廳，他本來不太喜歡麗雪到基隆去和那些男孩子鬼混，可是麗雪已經長大了，有她自由行動的理由，而且有廖醫生的女兒素琴做伴，他更無法加以絕對禁止。往年麗雪是隱瞞著她的父親，她常藉故留宿在基隆的同學家裡，事後被木村先生知道時，已經時過境遷，只能施以口頭的斥罵一番而已。素琴推門進去，看見麗雪一身黑色的打扮。

「好漂亮，麗雪。」

麗雪站在衣櫃的鏡前，羞怯而喜悅地笑著。她從鏡子看到素琴站在她的背後，對她那紅與綠的聖誕裝飾轉過來。

「妳才別緻呢，」

她對素琴上下打量一番，她在女性之間常是老大姐的神態。

「天氣變冷了，妳帶外套嗎？」

「不帶外套怎麼行，總不能穿這一身走出去。」

麗雪個子高大，緊身的衣褲使她曲線明顯，在素琴的面前，她有赤裸的自覺。

「我向姐姐借了一件披風。」
素琴從椅背上拿起一件墨綠柔軟的風衣。
「就是這一件嗎？」
「妳覺得怎樣？」
「像私奔穿的，」
素琴幫麗雪穿上那件披風，麗雪又照照鏡子，儼然像個大婦人。
「我的父親還在客廳嗎？」
「我進來時他還坐在那裡。」
她們到客廳來，準備走了。
「明天午前要回到家，聽到嗎？」
木村先生重新吩咐。
「是的，」麗雪馬上回答她的父親。
有素琴在麗雪表現得很開心。
「但是爸爸，我也許要買點東西，晚一點可以嗎？總會回來吃晚飯的。」
木村先生抬起他憂鬱不歡的頭，似乎覺得自己有點不合情合理。
「不要太晚。」他壓低聲音說。
「知道，爸爸。」麗雪的聲音反而提高。
「……」

木村先生的聲音微弱得幾乎聽不到，她們已經走到門口了。他望著兩個大女孩相偕走出門外，使他腦裡留住她們穿著漂亮衣服的可愛的背影。他原本今天下午有事要外出，因為關懷麗雪使他留在家裡；現在他心中想著，應該為麗雪找一個怎樣的歸宿，這份責任早些完畢最好。

二

彭宗達懶得自己做晚飯便溜到街上一家飲食店吃了一碗麵，他從店子裡出來時，把夾克的拉鍊從腹部拉到頸端。街道上佈滿寒冷的氣流，從房屋透出來的燈光顯得昏黃迷濛。他沒有直接回到他租住的房子去，他繞到戲院的後面去散步。這條沿山壁開闢的平坦的道路，還有往昔運送礦石經過的輕便車道的轍跡，鐵軌已經撤掉了，留下水泥鋪設的規則的凹痕，但有些段落已經為崖壁滾下的砂石掩蓋了，現在絕沒有人去清理了。漫長的一條迴路，現在只留下一盞路燈，燈泡的光度不夠，微弱的光只撒在電桿的周圍。宗達在黃渾下站了一刻，望著前面大竿林一帶的黑壁和方形的亮窗，紀念碑公園兩端進出口的兩盞燈光清晰可辨，但碑石像阿拉伯的婦女的身姿裹在一層黑色的布緞裡面。宗達散步的目標應該是那裡，那裡在寧靜的山區裡顯得還有一層更高的靜謐，二年來，那裡是宗達認為神聖和可愛的地方。他轉入一條岔徑，沿石階一級一級的走下，在這樣的夜晚，燈光是唯一光明的世界，另一盞是內心自覺的明燈，其他在空際和遠處的嶺下海濱顯得深黑不可度測。這樣的夜不要希冀天上明星的指路。接踵而來的是一種神祕的躍動讓他感覺著，他開始時懷疑是風勢在推助著他的背部，他故意停步凝聽，才知道只是他自己的心跳。他下到公路班車能行走的柏油馬路後，逆風往上坡走，他沒有遇到任何一個人。在彎路的地方，最後一班由金瓜石開回瑞芳的公路汽車此時和宗達擦身而過。但有一班由台北直達金瓜石的車子，約十點多鐘時會經過九份，這是為外出晚歸的人而設的班車。他走上賣車票的雜貨店走廊，那位肥胖而性感的女主人坐在擺香煙的桌子後面，由關閉的玻璃窗可以看到她健朗的身體沒有加添厚暖的冬衣，她的胸前襯衫的衣領還是敞開著。然後宗達看到她站起來準備打烊關門，她走出來準備把一張供人候車的長板凳搬進屋內，她看到彭宗達在走廊上。

「車剛走了，」她說。

「我不是來搭車。」

「進來坐，老師。」

「謝謝，我走一走。」

宗達由走廊跨到馬路邊，聽到背後那位徐娘關門的聲音。

散步到此，他想到應回到屋裡去看書。他剛開始看《日出》的前面幾章，知道他們在法國巴黎鬼混，那位拳擊冠軍迷失在巴黎的夜晚中。他也想到寫點什麼來排遣時間，但他從未有寫作的經驗，追索學生時代的作文，老師從來未曾提到過他有什麼特點。他想一個想當畫家的人就不可能會好好地應用文字；或者一個喜愛寫作的人根本就怯於動用畫筆；因為一個人不可能將他的思想用兩種截然不同的形式都同樣優秀的表現出來。他自認是個很有前途的優秀畫家。可是不知怎麼搞的，最近他對外出寫生甚感厭倦。自從簡君來看他這兩年在山區畫的水彩作品後，宗達突然懶怠下來了；簡君並沒有用批評打擊他，他鼓勵宗達，希望他突破，但他煩厭了。他和簡君到瑞鎮去看一位老資格畫家，那老資格畫家身體高健，情緒很好，畫得十分勤勉，但沒有什麼特點，他待人極為熱情，一定要他們喝醉滿意為止。這段日子，宗達被自己想嘗試寫什麼這件事震驚不已，他發現自己竟然對寫作這件事一無所知，如何開始，怎樣寫，寫什麼？當他深呼吸時，他的心田突然感覺到一陣溫熱由脊椎的部位上升到後腦，再往前凝住在前腦，他顯得有點急躁心煩，一陣冷風突然把他推前走了幾步。宗達注視台陽公司平坦的屋頂，附近煤場堆積成錐形的煤炭黑得有點奇特，看守的小屋門前有一盞亮燈，一個穿風衣的男人正要走進小屋。他在警察分駐所前的路口轉彎，踏上石階路回到他的屋子。

他回來後曾到樓下去看其他的老師，他們都集聚在一個房間裡打麻將，然後他才回到那間與其他房間隔離的側房。屋裡陳設著一張向房東借用的書桌和一張古老的大木床，他的衣物都放在一隻屬於自己的皮箱裡，畫具和紙張放在牆邊地板上。他倒一杯熱水瓶的開水飲了一口，杯子放在桌邊，坐下來攤開書本看。有時宗達覺得應該朗讀一段書中的描寫，他想從書裡面尋索他想寫作的啟示，他的生活感受似乎和書中散佈的氣氛混合在一起，他希望他是書中的某一個角色，讓自己意會著他自己的行為，這是一種讀書的滿足。起碼他能認為讀書能增長自覺的眼力，認識自己內在的德操，或者修整自己行為的尺度。在這一刻，他的另一個知覺意識到屋外風打玻璃窗的響聲，寒風搖動空曠的天井番石榴樹的枝葉。夏天他曾在那裡摘下一個翠綠的果實，當他搬來這座舊廢的屋樓來住的時候。而時至深夜，一個輕微提起的腳步聲，像鞋底被黏在地板上，慢慢地小心地自腳跟提起，由沒有關閉的洞開的前樓大門進來，再由石階移到二樓側房的門前，然後兩聲指叩毛玻璃的音響使他中斷了閱讀，突然門被推開閃入一個黑色的形體，那推斷門索進來的人物又迅速地把門關上，用她自己的背部壓靠在門葉，眼睛晶亮而緊張地閃耀著光芒，注視屋裡原有的那個人的反應。

「麗雪！」

宗達挺直脊背，抬頭驚異地審視她喘息的神態；她的臉因寒凍和緊張而變成青白，縮收著面頰更使兩顆眼睛愈發深陷而張大；她沒有說出半句話，或者她根本說不出一句話；卻可以清楚地看到她的胸部比平時更加快速地起伏，彷彿裡面的一顆心要衝破那多層的包裹跳出來；而她的身姿的形象再沒有比這一刻更加令人蠱惑，脫去了那件寬鬆的披風，彷彿裡面就是光潔而赤裸的豐碩體軀。

最後他領悟了她替他跨過他們之間平時無能表達的情愫的領域，邁向取決和貼近的境界。宗達立起來，在未走向她之前，先伸出他的右手；那隻手掌心向上，手指並排微微彎曲著，像舞會裡邀舞的請示，停在她的面前，等待對方是否情願接受。

麗雪低垂眼簾，看住在她面前猶然期待的手；她的遲疑不是她突然想到衝動來此的懊悔，而是突然發覺這隻手的美麗和細嫩，深懼她的手放在它的上面時是否會承不住重量。她終於也伸出她的手，在小心放上後，那麼猛烈地把它握緊，並用力把對方拉向自己，使他趨前的姿態像是投到她的懷抱。宗達的另一隻手環抱著麗雪的肩部，然後找到她的嘴唇吻著她。

當宗達和麗雪相擁的時刻，由感覺到對方的心跳，到傾聽最遙遠的深澳海濱浪潮捲動排向岸崖的音潮，由那裡冷風吹襲到山嶺，被阻擋在屋宇的窗外。他注視她的黑色眼珠直到她內部的靈魂深處。她漸漸安寧下來，抖下身體因冒險而緊張的精神，她舒泰地走到床邊，把外衣脫下坐在床沿。她並不在乎屋裡沒有另外的椅子，她讓穿著長褲的腿垂掛下來，很愉快地和宗達交談。

「妳說妳到了基隆，又從那裡回來？」

「不錯，我和素琴一同到了基隆。」

「妳怎麼對素琴說的？」

「我說我一定要回去，要她不要問原因，因為……」

「那麼她知道嗎？」

「她知道，她總喜歡知道別人的事，尤其是羅曼史。」

「妳吩咐她守密嗎？」

「我叫她什麼也不要說。」

「她守得住口嗎？」

「我知道她守不住。」

「我們何必擔憂呢？不過，妳現在還想要回家嗎？」

宗達故意這樣說。

「你要我走嗎？你要我走我就走。」

「不要。」

宗達攔著她。

「妳會餓嗎？」

她對他搖搖頭，她現在更加安適了。

「但是我想妳連晚飯都沒有吃，妳從家裡出發到基隆時還沒有吃晚飯，到那裡也根本沒有時間去吃飯，而且妳搭車回來時根本不可能在車上有飯吃……」

當宗達囉嗦地講這些話時，麗雪感到他是一個體貼可愛的男人；她覺得他平時在外面的世界顯露著傲慢，卻沒有想到在這狹小的屋子裡有如此的溫柔和氣。

宗達就在她的面前轉來轉去地走。

「你根本不要擔心我，我沒有想到要吃東西。」

「妳知道，我現在有食慾；平時我沒有睡前吃點心的習慣，現在我覺得好餓。」宗達不斷地想鼓動麗雪的食慾，「我想外面的麵包店一定打烊了，我到樓下廚房去煮點麵條，這裡還有一個肉醬罐頭可以拌麵吃，妳覺得如何？」

「我來做，」麗雪最後說。

「不行，妳現在不要出來讓人看見，妳留在屋子裡，我一個人下樓去，十幾分鐘就可以做好。」

他走向前來吻她。

宗達和麗雪相偎在溫暖的被窩裡，他們入眠不久，屋外歌唱的聲音使宗達醒來。他聽出在風中傳播著高昂的歡樂；那是一羣在教堂守夜的男女青年出到街道來報佳音的歌聲，幾乎可以清楚地意識到他們穿著厚實的外套組成稀落的隊伍的活躍的姿態。宗達望著閉眼睡熟的麗雪的面孔，他把自己的臉貼近她，廝磨著她的溫熱的面頰。他們的呼吸互相諧調著，發出韻律的鼻息，空氣充滿他們呼出的氣體的混合，他們又將那混合的熱氣吸入肺部。他貪婪地將她碩大的身體摟抱著。麗雪醒來，有點迷糊地看著他，有半分鐘她似乎不能明瞭這是怎麼一回事，然後她明白了，喜躍地把頭鑽入被窩裡，蜷縮著身軀，宗達將她的頭移靠在他肩頭與胸部之間的凹處。

「你沒有睡嗎？」麗雪說。

「有，我睡了一會兒。」

「為什麼又醒來？」

「妳聽到聲音嗎？」

「什麼聲音？」

「妳聽著，他們遠去了。」

「歌聲？」

「是歌聲。」

「噉，是那一羣人，」

「我知道。」
「你認識他們嗎？」
「有幾個我認識。」
「是誰的聲音總是可以聽出來。」
「現在是不是快天亮了？」
宗達把頭部轉去看玻璃窗。
「還沒有，外面是黑的。」
「是不是快天亮了？」
「或許。」宗達又說：「我不知道。」
「天亮了我們怎麼辦？」
宗達覺得困惑，沒有回答她。
麗雪把頭伸出來。
「我希望天不要亮，」她說。
「天總會亮的，傻瓜。」
「但天亮我們怎樣走出去？」
宗達又沒有回答她，他被這個問題為難了。
「天亮之前我最好離開。」
「不，親愛的，妳不要擔心。」

「我會的，我現在感到害怕。」
「傻瓜，妳怕什麼？親愛的。」
宗達的手在她的身上撫摸著，輕輕地握著她的乳房。
「這附近的人都認識我，」麗雪發著戰抖說。「他們會去轉告我的母親。」
「但現在什麼也不要擔心。」
宗達把她抱緊。
「我會這樣睜著眼睛到天亮。」
「等天亮了再說，麗雪。」
「但天亮時怎麼辦？」
「我會想辦法，親愛的。」
「想什麼辦法？」
「我總會想到，親愛的。」
「你叫我親愛的？」
「傻瓜，是的。」
「那麼我也叫你親愛的。」
「好，妳說，」
「親愛的。」
「妳這樣說就不害怕了。」

「我再說一次。」
「妳隨時要說就說。」
「親愛的，我覺得不那麼恐懼了。」
「傻瓜，現在又覺得如何？」
「我覺得很好，完全不害怕了。」
麗雪把身體緊偎著宗達，這一次他在她的上面吻著她。
屋外的歌唱再度清晰地傳來，那羣人環著山畔繞著行走，一會兒在嶺上，一會兒在嶺下，宗達的屋子在中間。他感覺此刻奇妙地和外面的世界滙成一個整體，他是中心，而他和麗雪與外面的世界旋轉成一個球，產生著風和熱力。歌唱和說話的聲音又遠去了。
「明天我們到台北去，」宗達說。
「你到那裡我都跟著你。」
「再睡一會兒，親愛的。」
「你要我睡我隨時可以睡去。」
「你最好天亮前叫醒我，」她又說。
「也許我會睡過了頭。」
「你最好警覺著。」
「假使妳醒來，先看看窗戶，再叫醒我。」
「最好我們都不要醒來。」

麗雪翻過身，很快睡著了。這時天漸漸亮了。

三

學期結束，宗達打算回中部和母親過舊曆年。麗雪的代課工作告了一段落；余福校長對李木村先生說：「麗雪有點分心不賣力。」在這個偏僻的學校，正式的教員是由縣府派任，常和校長分庭抗禮，只有出缺由校長在當地請來的代課老師才會聽他的話；但麗雪熟習學校情形後，她深感地位低薪金少而興趣索然。宗達走了。舊曆年緊接著來。李木村先生今年的生意可能做得不錯，在年前就請木匠把家裡重新修整了一番，那幾位在外地讀書的男孩子也回來了，家裡顯得十分熱鬧。中元節那天，在海軍服役的李輝雄告假回來，幾個住在大竿林的青年準備開舞會，輝雄來向他的伯父母拜年，邀堂妹麗雪晚上當他的舞伴。舞會選擇在廖醫生家的樓上大廳舉行，幾個熱心的人已經忙了幾天，包括麗雪在內。自從過年以來，親戚之間來來往往，忙得不亦樂乎，麗雪暫時忘了心中還有宗達。那天午後，在大竿林廖醫生家的樓上，素琴和麗雪，還有幾位熱心的男青年正在佈置舞會場所。這個節目完，整個寒假就算過去了，那些在學校念書的，或在外地工作的；或服役告假回鄉的，在心理上特別珍惜這個時刻。

那天晚上，二十多位素琴相知的朋友擁擠在樓上，廖醫生和他的太太那輩的人都沒有參加；他對幾個關心的家長說：「讓年輕人有他們自己的時光，」因此沒有人來加以干涉，一切舞會的佈置全由他們自己去辦理。素琴準備了一大桶的梅仔茶，不許喝酒，幾盤高級糖果，還有瓜子和花生。

素琴放下第一張舞曲的唱片。

舞會便開始了。第一支舞大都是和自己的舞伴跳；有人先開頭，其他人就跟著跳了。麗雪當然是和她的堂哥輝雄，他們兩個人的個子最高大，看起來是鶴立雞羣的模樣，相當引人注目。麗雪和輝雄固然是一對相稱相配的跳舞對手，不知道的人還以為他們兩個人是一對情侶；當他們跳探戈舞時，大多數的人都停下來觀賞他們的舞步；輝雄在海軍常有機會在俱樂部跳舞，這一次回來正好讓其他人觀摩學習。他對一年多不見面的堂妹，因她的標緻和嫻淑而特別感到高興，他自己高大英挺，更顯出神氣的態度。說起來他算是大竿林這一帶年輕男孩的頭子也不為過。許多女孩子都竊竊地私語輝雄那套筆挺的服裝，麗雪總是長裙到地，好遮掩她有點彎曲的腿。

大部份的舞都是堂哥輝雄和堂妹麗雪一起合跳。

而這種玩樂的時間總是過得最快。

接近尾聲的時候，有幾個燈泡燒壞了場所顯得昏暗一些，當男女互相混熟了之後，這事也就不在乎了。他們的舞的確跳得十分甜蜜和可愛極了。

這時宗達出現在門口。一定是廖醫生認識他才准放他進來；宗達和麗雪的事，素琴必定對她的父母說過。宗達站在樓梯口時，沒有人注意到他，那裡的一個花盆把他擋住，但是他卻看到麗雪和一位他不認識的高大青年正靠得很緊在跳布魯斯舞。他穿過正在擁舞的人，走

過去，輕輕拍一下輝雄的肩膀，

「請讓一下，」宗達說。

宗達雖有禮貌，也不免讓對方嚇一跳。

麗雪突然看到宗達在面前，又驚又喜；她的堂哥莫名其妙地退讓了。當宗達握著麗雪的手，自然地摟抱著她隨音樂節拍跳下去時，牆邊的輝雄和幾個男孩子在交頭耳語，眼睛有點嫉憤地看著宗達。

「你什麼時候回來？」

「剛剛才到。」

「你消息倒靈通。」

「那人是誰？和妳跳舞的高個子。」

「堂哥。」

「堂哥？」

「不錯。是堂哥就是堂哥。」

下面的一個舞，還是宗達和麗雪跳。

「我打擾了妳，我又跳不好，我還是走開。」宗達覺得不妥，想要走開。

「沒有關係，舞會馬上完了。」

輝雄和幾個男孩子已經離開下樓去了。

「我還是先走，妳的堂哥或許會不高興呢。」

「好，你先走，明天見。」麗雪說。

這個舞跳完，宗達就下樓走了。

當宗達走出醫生的家庭，經過公園紀念碑時，幾位舞會的男孩子把他圍住，麗雪的堂哥輝雄站在他的面前。

「喂，當老師的，你懂禮貌嗎？」

「唷，是你，對不起，我只是有事找麗雪談談。」

「我看你太驕傲了。」

「沒有，你誤會了。」

「你需要人教訓你。」

有幾個附聲地說「打」。

「等一下，」宗達說，「你們人多，這樣不公平，如果一定要興師問罪，這顯然是我和你個人的事，要打我和你兩個人打，君子作風，其他人不要參加。」

他們呼擁著走上紀念碑的草坪，宗達把外套脫掉放在地上，於是和輝雄面對面握拳比鬪了起來。

麗雪回到家剛睡下，就聽到客廳她的堂哥輝雄進來和她的父親說話的聲音。宗達和輝雄打架的事，在她幫素琴收拾東西時，已經有人轉回來告訴她。她心裡很慌恐，不知道要怎樣對父親解釋；她模模糊糊地聽了他們在客廳談了一夜，她也因疲勞而昏昏沉沉地睡著了。其中她認真聽清楚的一句是：「他沒受什麼傷，」她的堂哥輝雄這樣說。

「他是個流氓，不像是做老師的。」

李木村先生說。寒假結束了，麗雪沒有再到學校來代課，校長改聘了別人。木村先生自知道輝雄和彭宗達打架後，嚴厲禁止麗雪再和宗達見面；全家人都在看管麗雪，宗達的行動也被列為密切注意。麗雪默默無言，不知道如何為自己和宗達辯護。

不久，她到鄰鄉四腳亭天主堂開辦的幼稚園上班去了。

雨季的時候，有一天黃昏，麗雪拖著疲乏的腳步踏進家門，她把衣傘收下放在門邊，抬頭看到父親和麗玲坐在客廳交談，他們看到麗雪走進來就靜默了；麗雪覺得奇怪，眼睛看著父親，又看看麗玲，她感覺到他們談論的事必定和她有關，或者就是和宗達有關。她心裡想著他，自從打架的事後，他們兩個人竟然沒有機會見面。麗雪感嘆著這個家庭有點險惡。她走進自己的房間，脫掉了外衣，到廚房去找她的母親，母親的面上也沒有笑容。她又回到客廳，不高興地說：

「為什麼？」

「沒有什麼事啊！」麗玲說。

「那麼為什麼這樣冷笑？」

她的母親從廚房出來，表示她的意見：

「說了讓她知道也好。」

「你們想隱瞞我什麼事？」

「麗雪，」李木村先生開口說，帶著他濃厚的憂悶的表情。「我們剛剛聽了妳姐姐由學校回來說，那位彭老師在開會時打傷了一位老教員。」

「怎麼會？宗達？」麗雪疑問著；她知道宗達從不關心那些無聊的鬼會。

「是真的，麗雪。」麗玲說。

「那麼誰被他打誰活該。」

她帶著盛怒而傷感的神色衝進自己的房間。

「麗雪，」木村先生在客廳叫著，「我有話要對妳說。」

「你想說什麼我都知道了，不要說了。」

「我擔心妳和他在一起會……」

「會什麼？」她大聲叫著，在裡面哭泣了。

「那種人沒有前途，我聽過校長說……」

「我不要再聽了。」

「他要是厚臉皮來找妳……」

「你們什麼也不必擔心他，他也不會來要求你。你要我嫁誰，我就嫁誰；我知道將來我的生活會是什麼樣子……」

窗外的雨絲淋濕玻璃窗，從她坐的位置看出去，外面暗下來的暮色，突然飛近一隻顛簸的山蝶，牠慌亂而猛烈地撞在玻璃面上，困難地搖曳著翅膀，看來牠的雙翼是那麼沉重累贅，因此使牠瘦小的身體和那細瘦的腳停不住，被雨水沖出窗外。麗雪看到這一幕，驚嚇了，停止哭泣，細思她剛才無意識中回答父親的話。她不能明瞭為何她的心裡會這樣的難過，從她做小孩開始未曾有過。她曾期待宗達來找她，可是他沒有來；她有時故意在戲院的前面看看戲碼的廣告，可是他像失蹤了似的不見影子。在現在深感絕望的時刻，她有點憎恨他，她曾經表現過勇氣，現在她再也沒有那種前去找他的勇氣了。如他沒有出現，她也會變得無所謂了。

過幾天，她又覺得這樣的想法不對，她想到宗達想法來找她比她去看他更困難，因此，她又寬諒了他。晚飯後，她趁著家人沒有注意偷偷的溜出來，她有意先走到大竿林，目的地像是到素琴的家，她回頭看是否背後有人跟隨，她在一條石階巷子轉彎，折返到宗達的屋子。

她推開門，像第一次一樣又把門索推斷。宗達裡面的門扣壞了，所以他綁了一條訂書帶。她看見宗達臉色蒼黃地伏在桌面上寫東西，宗達看見她來，喜出望外，馬上站起來將她緊緊地摟在懷裡。

就在這一頃刻間，門外響起敲玻璃窗的聲音，門外有婦人的叫聲：

「麗雪，麗雪，麗雪，」

那聲音輕輕地喚著，怕聲音傳開去似的。麗雪聽到是她的母親的聲音，馬上掙脫宗達的擁抱，羞憤滿面地開門出去，宗達在裡面沒有出來，只聽到那婦人又說：「不見羞的女人，」他聽到她們急忙走上階梯的腳步，一切又歸於空寂。

七月初炎夏已經當頭，麗雪在四腳亭天主堂幼稚園的遊戲場和一羣年幼的小孩在鞦韆旁邊，無意中她抬頭瞥見荒野的山坡有一個人正踏著不穩的腳步走下來，她站著注視他，他的模樣像快要被猛烈的陽光燒焚了，當他走近園門鐵柵的時候，才看清楚宗達那張嚴肅傲岸的臉孔，寬闊的前額閃著亮光，但他的臉是削瘦的，眼睛深陷著成為二個窟窿，從那兩片暗影投出兩道銳利的光芒，站在門外注視她。

麗雪慌忙地領著小男女孩走進教堂。

約半個鐘頭後，當她再領小孩子們走出園門，走過鐵路，在道路那邊與他們互道再見時，宗達像神祕地消失了，她四處看不到他的影子。但麗雪意識著宗達沒有走開，她走上剛才看見他走下來的山坡，在那荒野裡，她終於看見他坐在一棵相思樹下。從他的位置可以俯視下面天主堂周圍的園地，卻不能由下往上看到他隱身在草叢的後面。

她走向他，問他什麼事來。

她現在覺得他更加地怪異了；她甚至有點對他恐懼。他始終坐著，沒有站起來，顯出無精打采的冷默樣子；她也沒有再走近他，離他有一小段的距離。

但麗雪受不住午陽的直接照射，漸漸移向宗達坐著有蔭影的樹下。他溫和地伸手拉她坐在他的旁邊。她坐在有石子的地面感覺很不舒服。他轉身過來試探地吻她的面頰，然後手環抱她的肩膀，把她壓倒在下面。石頭抵著她的背部，使她感到不適難受。當宗達把臉俯下來時，她把頭移開，掙扎著坐起來。

最後宗達垂頭眼看地面的雜草說：

「我來說再見，麗雪。」

他的手找到一根枯黃的草，把它拔出來。

「我被調職了，但我想我不要再幹教員了，不久我也許要去當兵服役，現在我能寫一點東西出來了，當兵回來後我想……」

麗雪默默地聽著沒有說話。

她的眼光投視到山坡腳下那一大片石頭和灰土的曠野，乾旱的道路上一部小卡車像玩具般橫馳而過，揚起一陣灰黃的塵霧。中午的陽光使這一帶的不毛之地處處顯得崎嶇和刻出深黑的暗痕。

「我受到許多人的警告，要我不要接近妳，要我要規矩，否則要我的……，但我並不膽怯，妳應該知道，事實上我在努力讀一些書，我已經有點心得，我有寫作的欲意……」

當宗達還這樣低著頭說到自己的事的時候，麗雪站起來，走下山坡。

「麗雪，」

宗達的聲音擴散到曠野，稀薄地消失了。

麗雪突然覺得背部澈涼，恐慌地奔跑，害怕宗達由後面追來捉攫她，那麼她就永遠不能回家了。她現在極欲回家，覺得家裡才安穩。但她的腳步不穩，搖擺著身體，像一個虛弱而頭暈的迷失者。她沒有回頭看，經過一根電線桿，那木幹電桿的裂縫流出黑色的焦油，有如一顆鑲嵌的、永遠擦不掉的濃密而黝黑的淚珠。她沒有注意左右，顛簸地跨過鐵道，瞬間一部火車頭拉著許多許多節的貨廂嘩啦嘩啦地把她的身影遮掩了。

麗雪回到家時，壁上的掛鐘敲了三點，客廳空蕩無人，她想父親早晨外出一定還沒回來，他很少在早晨外出辦事中午就回來，除非在家整理後院的花圃，那麼他就整天不出去。最近木村先生承包了瑞鎮的一些修建工程，整天十分忙碌。她想母親必定在臥室裡午睡，她常要忙到一點鐘，把碗筷都收拾洗好才能休息。今天是星期六，麗玲和她的先生吃過中飯後到台北去了。兩位在基隆讀中學的弟弟，雖是週末，也要到黃昏吃晚飯時才回來。她認為母親在午睡，所以腳步輕輕地走過客廳的地板，她連嘆息都忍住了。當麗雪要走進自己的臥室時，背後突然有人問著：

「木村先生在家嗎？」

門口有人探頭，麗雪像小偷般嚇住了。

那個人看到她花容失色，非常抱歉地說：

「對不起，妳一定受驚了，」

麗雪更加羞赧，但馬上恢復鎮靜，畢竟她在自己的家裡。

「請進來。」麗雪說。

她走到門口來看清楚。那個中年男人說：

「我姓方，鎮公所來的。」

方建綸開始踏進門來，麗雪疑惑地端詳他，他的臉上戴著一副銀框眼鏡，顯得自若和鎮定，兩個眼睛望著麗雪，頗為詭祕地笑著。

「妳是李先生的女兒？」

「是的，但我剛回來，我不知道父親在不在家。」

「我知道。」

他臉上微微展著笑容，這使麗雪更覺窘困。他說他知道是剛才從瑞芳上車，他和她同在車裡，他注意到她，但麗雪並沒有注意到他。

麗雪在慌亂中有點緊張地說：

「請坐。」

「謝謝。」他在沙發坐下。

「我和妳父親有約。」他又說。

麗雪對這件事情不知要怎樣回答，於是她想到自己剛才進門時的想法錯了，她說：

「我想父親在午睡，我叫他，」

「沒有關係，我等一下。」

方建綸雖然和善地阻止麗雪，但麗雪還是走到房門口，聽到裡面有扣皮帶的聲音，她想父親大概聽到說話聲起床了，因此她沒有敲門又折返回來。她突然想到客人來應該做些什麼事，她想到應該泡茶敬客，因此她笑著對方先生說：

「我的父親已經起床，請坐一下。」

「不用客氣。」他說。

他的眼睛沒有離開麗雪。

麗雪這時走進廚房，她深深感到自己的拙笨和可笑，在方先生的注視下，她顯得慌張無措，他的穩重和鎮靜，幾乎使她羞惱哭出來。她看到通後院的廚房門敞開著，這時母親挑了一擔水進來。

「媽，爸爸的客人來了。」

「什麼時候？」她的母親張大著眼睛。

「剛剛到。」

「妳叫醒妳爸爸嗎？」

「他已經起來了。」

「我已經煮好一壺開水在爐架上，妳替我泡茶。」

「為什麼妳在這個時候挑水？」

「妳爸爸要午睡，我沒有事做。」

麗雪把茶盤端到客廳來時，她的父親和方建綸先生已經面對面在交談他們的事。

「請用茶，」

麗雪端著一杯茶給方建綸先生。

「麗雪，」木村先生說，「方先生是我的好朋友。」

麗雪早就聽父親說過鎮公所的方先生做人很好，關於這次承包的修建工程非常幫忙，現在看到他，更覺得他和善可親。

麗雪和方建綸那對會微笑的眼睛交視了一下。然後她再端另一杯茶給她的父親。

「這位是我的二女兒麗雪。」

「我剛才還和她同部車。」

建綸笑著說。

「你們早就認識嗎？」

木村先生顯得驚喜。

「沒有。」麗雪突然活潑起來說：「但早晚有什麼關係呢？」

「是的，是的。」方先生微笑著點頭，贊同麗雪的意思。

客廳上已經沒有她的事，麗雪羞紅地走開。她在自己的臥室站著，思索著，覺得室內幽暗無光，而且有些悶熱。她走到窗邊，把窗簾拉開，讓光線進來，再把玻璃窗推開一邊，從後院吹入一陣玫瑰的花香。木村先生平時無事喜歡種植花木，麗雪聞花香深深的吸一口氣，感到意外的心喜快樂。她轉到鏡台前面望著自己，把自己詳細地端視一番，最後她顯得無聊，思索下一刻該去做什麼事。她對剛才在客廳大膽而坦率的回答，現在才覺得十分吃驚。鏡台側邊映著臨窗的花木，一隻輕快的山蝶上下飛舞，麗雪再度望著自己的臉孔遐思起來。

四

木村先生囑咐說：

「到了那裡，就要聽人家的話，不要像在家裡那樣頂嘴。」

「我知道應該怎麼做，你要我做乖女兒，我就做，你要我做人家的好妻子，我也照做。」

麗雪這樣回答父親。

她看到站在一旁的母親眼眶紅腫，兩淚垂流，體認到母親平時操勞家務的辛苦，她也酸鼻落淚，抱著母親。自從做小孩到現在，她第一次把母親摟在胸前，而母親現在反而比她瘦小很多。

「剛化妝好，不要哭壞了。」

麗玲這樣勸告麗雪；是她替麗雪化的妝，替她穿新娘衣服，只有她一個人說話聲音宏亮，歡天喜地的嚷叫不停。

「新郎已經來了，出去和他在一起。」

麗玲又說，在麗雪的身旁轉來轉去觀看，然後推著她出來。做伴娘的素琴打扮得很漂亮，像要和新娘競賽，她牽麗雪的手到客廳來。

客廳擠滿了人，幾乎無法轉身走動。

木村先生穿著深色西裝，就是最高興的喜事，他也顯得嚴肅，這時他緊閉著嘴唇，望著待嫁的麗雪一眼，他自己的眼睛突然潮濕了，露出他那份特有的憂鬱的表情。永遠無人知道木村先生他那內心的神祕。

方建綸先生走向前來接住麗雪的手，領她走出門外。無論在何時何處，他始終是那種溫文自若的態度。一羣人跟隨在新娘新郎後面，也有幾個方先生的朋友已經先行走下石階路，好像預先到前面去張羅什麼事。他們就這樣成羣呼擁著走下去，在十月美麗的天氣下，陽光熙和地照射著。麗雪想到應該看看雞籠山一眼，雖然新家只在瑞鎮，隨時都可以回來，但心中仍有惜別之意。瑞濱海灣的藍色海水像是遙遠的湖泊，在石階路望下，有如乘坐飛機從高空俯瞰，無意間突然腦中閃過宗達那張憂憤不平的臉孔。但是方建綸先生的左手穩穩地扶持著麗雪，走下兩旁站滿鄰居和親戚朋友的石階路。有人打開停靠在馬路旁的轎車的車門，讓麗雪和方建綸先生坐進裡面，跟隨的人都坐上其他的車子後，車隊便沿迴旋的公路開往瑞鎮而去。

婚禮並沒有一點一滴完全照古老的禮俗，現代有智識的人總是尋著省事的辦法做。他們在照像館拍了幾張紀念像，那天中午在瑞鎮公所的禮堂設了三十幾桌的酒席，新婚夫婦住在不新不舊的一幢多房間的宿舍裡，一切均告滿意順利。但麗雪在新房拆妝換衣服時，素琴趁沒有別人進來，遞給她一封信，「是宗達寄來要我轉交給妳。」麗雪沒有拆開，就把它塞進手提包裡。

最後當麗雪和方建綸在深夜單獨面對面時，根本沒有陌生的困難和阻隔；在這幾個月的交往裡，他們常常相偕到基隆購買東西，或有時到台北看電影，到高級的餐館吃飯。對他們來說，結婚的儀式成了既定的意義；但這一天，對他們來說，事實上並沒有什麼特殊的內涵。夜晚照著時辰灑佈遮掩的黑幕，他們照樣心中平靜無事地在臥室就寢。天明時，他們已經成為平常的夫婦；昨天在別人的眼中是不同的個體，但今天，遇到他們的人已消失了羡慕的心情。

在最初的那幾天，麗雪常想到那封信；當她單獨一個人時，她就從手提包裡把信拿出來，注視宗達的字跡。她望著它凝思很久，沒有勇氣將它打開，也沒有勇氣將它撕毀，最後她把它塞在自己的衣櫥抽屜的最底層，壓在一張墊紙的底面，上面放著她的內衣。她每天都會有一次或兩次想到它的存在；她明白信的存在造成她心裡的暗影和痛苦的思慮；但她也明白她的個性需要選擇這種折磨。為什麼？為什麼？這就是人存在於內心的無理性？

關於方建綸，麗雪和他結婚後，從文件上才瞭解得更實在。他有五十歲了，平常在他和善的態度和保健很好的身體看來，似乎年輕很多。可是這一點，卻使麗雪獲得他的寬達而溫厚的對待；對任何事情，建綸都能表現出冷靜和謹慎的風度，從不發脾氣。他幾乎可以當她的父親了，受她父輩的敬重，而不加干涉他的任何事務。比較起來，宗達則像是一隻隨時想狂奔的野馬，必定會為任何事爭吵和發作。方建綸在年輕的一段日子，在香港混過一陣，做什麼事無人曉得，來台灣後才進入公家機關做事，由於他待人處事相當穩練，深獲同事們的尊重。他平時喜歡看書，頗有學問，而生活保持一種安樂而不淫的原則，不像那年輕的宗達心緒不寧，氣躁輕浮，有著搖擺不定的性格。

麗雪第一次回九份娘家時，麗玲偷偷探問她，到底方建綸存有多少的金子。麗雪相當震驚和不快。她自覺像個什麼都不懂的傻姑娘，連有關自己和可能有重大關係的事都不知道，而其他的人卻在她的背後做熱烈的談論，彷彿她已經做了其他人心裡所願望的替身。

「妳怎麼知道？」

「媽媽告訴我的。」

「媽媽怎麼知道？」
「爸爸告訴她的。」
「爸爸怎麼知道？」
「有人這樣傳說著。」
「我根本就不知道他有金子。」
「他沒有告訴妳？」
「關於他的事，他什麼也沒有告訴我。」

這是實情。麗雪和建綸之間有年歲的差距，使她懷著敬畏的心情，不像她和宗達那樣無所不談和親暱。

回到瑞鎮的家裡，她把宗達的信掏出來。她現在終於明白為什麼父親看不起宗達的原因，不止是為了憎惡宗達的行為不好，還嫌他是個窮小子。金子的傳聞也是父親加速促成她和建綸結婚的原因。可是這能怪父親嗎？木村先生為麗雪的幸福著想，但這種幸福的觀點何其偏狹啊！而既然是父親，這種偏狹又是多麼能讓人原諒和同情，所有天下的父母無不是這樣的作為。而建綸卻是這樣的完美無疵，那樣令人佩服；在木村先生的觀念裡，建綸的成就可以讓麗雪坐享其成。任何的父母誰不那樣想呢？如和宗達就必須要從頭幹起，歷經人生的各種為生活所付出的艱苦。所以麗雪沒有恨父親，她甚至同情所有持著與父親相同觀念的人，因為對於為生活而營賺的經歷，他們懷著恐懼。當麗雪這樣思想時，深為宗達的無辜而抱屈，對他的想念倍增，永遠也不能忘懷了。她把信拆開，信中寫著：

「我永遠不能忘懷妳，我也知道妳永遠不能忘記我；但是我願祝福妳找到幸福。」

麗雪的面頰垂掉兩條淚痕，她多麼焦急，如果，現在能知道宗達在那裡，她願飛去見他一面。她回憶在那個猛烈的午陽當空的時候，她不知為何會昏沉而顛簸的走下山坡，離開宗達而去。她們的心有刀割的疼痛。聽到屋外建綸進門的足音，她擦淨臉上淚跡，把信紙摺好，放進信封裡，再塞回原處。

日子就這樣矛盾地過去，除了準備建綸的飯食外，她幾乎無所事事。漸漸她和他變得規律而沉默；建綸本來就是除正事外不尚說閒話的人，而麗雪隱藏的心事使她也不太願開口。有一天晚上，他們躺在床上，建綸突然破例告訴她某些他過往的生活之事；他說他在十九歲那年就在家鄉南昌結過婚。

「那麼你帶她到香港？」

「沒有，逃難是不能帶家攜眷的。」

「這不是很自私嗎？」

「這是沒有辦法的事。」

「那麼你在香港又有女人？」

「有，前後有兩個女人與我同居。」

「你也沒有帶她來台灣？」

「我申請來台灣沒有讓她知道。」

「為什麼？」

「讓她知道我就走不了了。」

「據說你帶來許多金子，是嗎？」

「是的，我在香港賺了一些錢。」

「你有金子的事，外面的人都知道，」

「現在除了薪水外，什麼也沒有。」

「那些金子呢？」

「在認識妳之前，已經將它送給朋友。」

「為什麼送人？」

「他們急需要錢，他們曾經和我在逃難時同過甘苦。」

「外面的人總認為你存有大量金子。」

「現在完全空了，總不會挨餓，妳以為如何？」

「那是你的事，我無權干涉你，但我最好能找一份工作做，以便能有所儲蓄。」

翌年夏天，麗雪如願地考上台北師專，她懷著第一個孩子，生活十分清苦，又要唸書，日子倍增艱辛。二年後師專畢業，她在瑞鎮的小學謀到一份正式的教職。第二個孩子生下時，麗雪的母親自動過來為她操理家務。直到第三個孩子誕生後，生活才漸漸好轉過來，在她的手頭才開始有點積蓄。這樣十年的光陰過去了，麗雪和建綸開始分床而睡，個人有個人的房間，也養成互不相干的生活習慣。麗雪因為學校工作繁忙，已沒有其他分心的事務，她甚至幾近忘掉了心中還有宗達的印象。而建綸的工作十分輕鬆，年歲日增；他每年都外出度假幾個星期，自個出去遊山玩水，麗雪從未表示任何異議，而建綸也古怪得連邀她同行都沒有，除了平日喜慶的應酬外，兩個夫婦從不一起出門。有時建綸和同事或朋友在家打牌，麗雪也不加禁止。這種日子平靜得使麗雪覺得陰森可怖，而她盼望的日子卻不幸與她無緣。

年過一年，三個孩子逐漸長大，比較喜歡與建綸相近，進入學校讀書後，家中已不需要母親再留下幫忙，她回九份去了。麗雪娘家中的兄弟也成家立業，各有家庭，年老的木村先生不再做生意了。但木村先生想想，決定來瑞鎮和麗雪同住，因為他最疼麗雪，她也最聽他的話；可是現在父女之間，常有欲語還休的情形發生，無事儘量少說內心的私事，以免掀起不愉快。麗雪日常辛勤工作，除了購物到基隆或台北外，一切行為無愧於建綸，她也從不惹父親生氣，竭盡她對他的孝思。木村先生看在眼裡，存在心中，對於麗雪沒有任何可指責挑剔之處。而木村先生和建綸一直像是懇誠相待，自結成親家，有事也互相商洽，他非常歡迎老丈來看家，宿舍的房間寬敞有餘，木村先生來後，就在前後院栽植花木，當做他老年人的工作。

「麗雪，麗雪。」

小孩跑出去開門，向裡面喚著：

「媽，是廖阿姨來了。」

麗雪從廚房快步走到客廳，走到大門時已經看到素琴進來了；她胖了，像廖醫生的太太一模一樣，自她嫁到台北後，麗雪不見她已有數年了。

「什麼風把妳吹來？」

「我自己搭車回來。」

「回九份嗎？怎樣？」

「去看看我媽，老樣子。」

「妳爸爸好嗎？」

「生意不如前了，我媽想搬到台北，但我爸不肯，他說那些還在九份生活的人還有需要他的地方。」

「進來吧，素琴，」

「我只是轉來看看妳，但我不想打擾妳。」

「老朋友，怎麼這樣見外呢？」

「方先生在家嗎？」

「還沒有回來。」

「妳父親不是住在這裡嗎？」

「他在後院，耳朵有點聾。」

「現在妳在幹什麼？煮飯嗎？」

「不錯，妳在這裡吃晚飯。」

「不行，我是一個人出來的，不能太晚回去。」

「七點鐘還有直達車，怕什麼？」

「我不怕。妳知道家裡大大小小都很討厭，一刻鐘不見到我就不行，我連一點點個人的自由都沒有了。」

「我也一樣，我從來沒有出遠門過。」

麗雪把素琴拉到廚房，倒了一杯開罐果汁給她。火爐上正在燉東西，電鍋裡煮著飯。她們坐在餐桌的對角，繼續著聊談。

「我覺得妳真好，方先生從不管妳。」

「好是好，但……」

「但什麼？」

「我也不知道，說不出的感覺，沒有脾氣。」麗雪苦笑一下。

「這樣還不好嗎？妳就不來看看，我和他幾乎隨時都可能掀起大戰，有時為了孩子管教的事，有時為了他的事業的事，他有不順遂的事總是回家來發脾氣，在家裡到處挑剔，搞得雞犬不寧。」

素琴一向就是喜歡說長說短，自家的事或他人的事，統統不漏過，在她口中，幾乎可以把雞毛蒜皮的事形容成世界大事。

「這才像個家庭啊！」

麗雪心中有感地嘆息。

「什麼？」素琴故作訝異的表情。

「生活本身也許比較近乎如此。」

「我才羨慕你們這種清閒平靜的氣氛。」

「也許吧？」
也許，人與人之間常互相虛偽的羨慕。
但麗雪除外。
素琴發出幸福般的笑容：
「今年聖誕舞會在我家開，妳一定來。」
「舞會？」
麗雪說，像是久遠的事，她搖搖頭。
「妳一定要來，我特地來邀妳的，回味回味年輕的時候。」
她這樣說，倒叫人驚訝她們已經不年輕了。
「我有多久沒跳舞了？」
她想了一下。她眨動黑而亮的眼睛，含著即將滾落的淚珠。
「怎麼一回事？」素琴收斂自己的情緒。
麗雪自覺好笑。
「沒什麼，傻念頭罷了。」
「我知道。」素琴望麗雪一眼。
「我怎麼說呢？」
「妳不說我也猜到。」
「往事不可追。」麗雪認知地說。

素琴終於站起來。

「我要走了，改天我們全家再來打擾你們。」

麗雪也沒有勉強留她的意思。

「那麼我就不留妳了。」

「我希望這樣，我一個人留在此吃晚飯也不見得吃得痛快。」

她想說什麼就說什麼。

最後素琴在廳門口說：

「耶誕節來不來？」

「我不去，謝謝。」

兩個人走到前院的花圃。

「這些花多好看。」素琴又說。

「是嗎？我卻從來沒有去特加注意。」

「好，再見。」素琴在門外說。

「再見。」麗雪把門關上。

她回到客廳，走向廚房，又像記起什麼事折返到自己的臥室，從衣櫥的抽屜翻出那封信；她對它久違了，許多年幾乎把它忘懷了。麗雪展開那張變黃的信紙，墨水已經褪色了，但依然可以辨認宗達有力的筆跡，像刀割般深畫在紙面上。窗外，後院的花圃，木村先生埋首修剪枝葉，他那個細長頸上的頭，在夕陽最後的暉照下，像一個低垂的熟黃的果實般要掉落下來。麗雪從半敞的窗戶看到那些一朵一朵盛開成紅的、黃的、橙色的玫瑰，不覺憎惡它們起來。前門處，掀起一陣吵鬧聲音，建綸回來了，小孩們向前去迎他們的父親。

五

春節期間，李木村先生帶三個孫兒女上九份去了，家裡只剩下建綸和麗雪。建綸的老朋友和同事過來打牌，麗雪為他們準備茶水，起先也有點興趣坐在建綸旁邊看著牌局的進行，半夜的時候，她做了些點心給他們吃，等他們吃完，她收拾好碗盤後，一個人回到自己的臥室，疲倦地睡著了。第二天天剛亮，建綸走進麗雪的臥室，她剛醒來，還躺在床上，眼望著他站在門邊，對他微露著笑容。

「他們走了嗎？」

「剛剛走。」

麗雪坐起來，準備下床來。

「我去為你做早飯。」麗雪說。

「沒事妳還是睡著吧。」

他們自分床以來，已經有很久沒有像這樣面對親切地交談。但建綸冷冷的目光使麗雪有點戒慮，堅持要起來，她害怕他走到她的身邊來。穿著睡衣的身體，隱約顯出她豐碩身體的曲線，她快速地披上晨衣，繫緊著腰部，站在鏡前。建綸走近她的身邊，雙手輕柔地握著她的肩膀，麗雪能從梳妝台的鏡子看到他的表情。在她印象中建綸善解人意的和祥的臉，在脫下眼鏡後，那雙平時會微笑的眼睛，經過一夜的耗損，似乎顯得有點發紅和暴凸。

「妳最近快樂嗎？」

當建綸說這句話時，眼光從麗雪的肩上直視鏡子觀察她的反應。

麗雪心跳著，有點詫異和戒備地轉過來。

建綸退後兩步，坐在床上，他有些撐不直腰部，雙手伸向後面支撐著身體，仰視著麗雪。

「你為何問我？」

「我關心妳。」

她有點相信他的話是真的。

「我也沒快樂，也沒不快樂。」麗雪說。

「我畢竟年老了，所以我們步調不一致……」

麗雪背靠著妝台，顯出審思的神態傾聽著他說。

「這幾個月我都在注意妳，在這之前我以為我們之間互不相干，各盡職守罷了，妳和我都沒有什麼差錯，不管心裡怎樣想……但是最近我自己卻煩思重重，今年夏天，我可能退休了。我有幾個計劃……」

「什麼計劃？」

「我們應該改變……」

「怎樣改變？」

「我想到香港去看幾位親友。」
「你沒有說在香港還有親人。」
「與妳沒有關係，我都守密。」
「這是什麼意思？」
「妳也有妳的祕密，」
麗雪臉色蒼白，但厲聲地說：
「我有什麼錯處？」
「是祕密不是錯處。」建綸溫和冷靜地說。
「我沒有對不起你的地方。」
「我瞭解妳的心事，麗雪。」
「不會的，你不瞭解；你做得太好，反使我不能動彈。」
自從上次素琴來邀約麗雪參加聖誕舞會後，建綸注意到她心情冷默有如最初結婚那一段時候。
「我不快樂有我不快樂的因素，這是我的命，我現在不想和你爭吵。」麗雪說。
「當然不是爭吵，是為了瞭解。」
「你能怎樣的瞭解？」
「我們之間的心從開始就沒有貼合在一起……」
「我想你是疲倦了，去睡覺罷。」

「我的生命早就感到倦怠了，倒是最近又靈敏起來。」

「你想到什麼？」

「我們從來沒有分開過……」

「你想一走了之？」

「我想事先和妳說明……」

「不，在你走之前，我先走，我從來沒有離開過這個家，假如你允許我的話，我想單獨出去幾天。」

「妳有預謀？」

「預謀？我是傻得只知道順從做個好妻子好女兒。」

「假如妳是出去散心，我陪妳。」

「我不是去散心，我現在需要單獨想一想。」

建綸每年的假期，他總是單獨出去遊山玩水一、二個星期；關於這個，麗雪從來不過問他去做什麼。

「我明白妳為什麼要走。」

「為什麼？為我自己，我從來不為我做過什麼。」她說得很悲切很憤慨。

「妳不忘舊情。」建綸說。

麗雪的臉色變得更加慘白，牙齒在口腔裡不住地打顫。

「是，但你是否蓄意曲解我？」

「妳終於招認了。」建綸得意地露笑和點頭。

「可是我從來沒有自私的想法。」

「妳這樣說有何用？妳招認了。」

「我為你們大家犧牲我自己。」

麗雪焦急地喚著，掩臉哭泣。

建綸沒有理會她，站起來走開幾步。

「我有一個條件，妳聽著……」

他戴上眼鏡，麗雪被激怒地望著他時，重又看見他那兩個會微笑的眼睛詭祕地閃著光芒，有如從蛇的頭部看到的那種驚怖的色彩。她深深為自己的無知而伏在妝台上痛哭。當她稍微冷靜時，許多影像重映在腦中，那九份老家臥室窗外的彩蝶單獨的上下飛動，牠從花間飛過，在十月的美麗的晴空下，經過雞籠山，飛臨青色的海洋，然後水霧自海面升起，將牠掩沒。當牠從霧中飛出時，遽雨開始淋濕牠的身體，牠的翅膀艱難地擺動著，牠飛向明亮的窗子，撞在玻璃上，隨繼雨水將牠沖下來。這些幻影使麗雪駭怖得發抖。

「如果妳想要那些金子，妳就不要走；那些金子我一直藏著，有百兩。」

聽到建綸重提金子，麗雪大怒：

「從開始我根本就沒有貪婪什麼金子。」

「妳不要，妳的父親可想要。」

「胡說，你如此奸詐卑鄙。」

「那麼為何妳輕易答應嫁給我？」

麗雪傷心欲絕地自言自語：「我終於看到真相了。」她重憶自己在七月的正午的猛烈陽光下，心智恍惚地走下荒野的山坡。

她搖著頭，痛苦地，彷彿要揮掉存在腦部裡的昏暈。

建綸在臥室門口站著，準備走開。

「妳最好考慮一下。」他說。

為何人生會有這等不可思議的殘酷？

麗雪為自己在這十多年來的孝思和忠實而辛酸地落淚和號哭；當她小時在石階路從頂層上跌下來受傷時，也從未如此哭泣；她的母親說的麗雪像個勇敢的男孩子。現在她才像個女人般為自己飛逝的青春痛哭。

「金錢總有它的妙用。」

建綸說著走出去。

麗雪坐在一列急速往南的對號火車車廂裡，這部車將經過桃園一帶，那裡的綠樹紅土有無數新建的林立工廠；經過新竹一帶，山坡上可見到一座新蓋的輝煌廟宇；經過海線一帶，可以看見木麻黃樹林和滾捲排向沙岸的海浪，終站在台中，一個日愈繁華的省城。但麗雪的願望是否有終點？連她自己也感徬徨。這春節期間，旅客十分擁擠，她在台北上車時，是用加倍的價錢買了一張黃牛車票。她從未有出過台北地區到遠方的經驗，這是她新的冒險的旅程。她在四腳亭天主教堂當幼稚園教師的時候，曾參加過禮拜，聽過神父講過道理，雖然她沒有正式入教，但現在她想一切委諸神的安排，卑微的生命只有祈求神的憐憫和撫佑了。

她靠窗而坐，身旁的位置坐著一位衣飾很整齊的中年人；麗雪的臉朝向窗外，看著沿途的風景，這位男士沉默著，端坐著，但從他臉上的表情就可以知道他機敏地在注意旁邊的麗雪。當服務生在車門出現準備分派報紙的時候，這位男士在服務生未走到他的面前就已經起身踏出幾步要了一份時報。他回到座位把報紙分開，遞了一張到麗雪的面前，很有禮貌地說道：

「妳要看報嗎？小姐。」

麗雪感到有些意外，縮退了一下身體，頭部明顯地向後靠。

「謝謝你，我不看，」她回答說。

「沒關係。」他把遞報紙的手收回來。

她根本沒有心情和他再答腔。當她早晨由瑞鎮抵達台北，已經站在素琴家的門口，突然覺得投訴的厭煩而轉身走開。現在她根本也沒有說話的意欲，彷彿喪失了說話的能力。

一位動作快速而粗魯的男服務生開始為旅客倒茶水，麗雪的眼睛注意著服務生拿茶杯，倒水，遞回來的動作。那杯茶水把身旁的男士的褲腿的部位濺濕了幾滴，他像受到傷害般叫跳起來，指責服務生的不是。因為是麗雪的那杯茶水，所以她覺得抱歉地說：

「對不起，把你燙到了嗎？」

那位男士褲袋裡掏出手帕擦著。

「沒什麼，服務太差了。」他說。
「妳到那裡下車？」
麗雪被提醒時心中慌亂了一下，她想到後說：
「台中。」
「我也到台中。」
「回家嗎？」
她不知道如何回答，懊悔剛才替服務生向他陪罪。
「找朋友。」她慌忙地說。
「一個人嗎？」
「是的。」
「貴姓？」
「李。」
「我姓嚴，但不是圓圈的圓，是嚴肅的嚴。」他從外套的胸袋裡掏出一張白色金字的名片遞給麗雪，「請指教，總公司在台北，分公司在台中、高雄都有。」
麗雪眼看著名片，但不知道要不要接受；接受後，她好奇地看看名片上印的金字。
這時他大膽地轉過臉來對麗雪微笑。
「常來台中嗎？」
「第一次。」她不知道如何撒謊。

「那麼妳一定沒有到過日月潭、霧社、廬山溫泉……」

麗雪在他說話的時候，已經把臉朝向窗外，迅速移退的電桿像一棒一棒地打擊著她的臉部，她沒有聽清楚身旁的男士在說些什麼。

她把臉轉回來時，那個人這樣說：

「我們有緣相遇，下車後我請妳吃午飯，在台灣飯店。」

麗雪馬上拒絕說：

「謝謝你，我的朋友在車站接我。」

「沒關係，如果妳有什麼需要我為妳效勞的地方，只要打個電話過來，我一定高興為妳服務。」

麗雪為了結束和他的談話，不得不說：

「謝謝你，你太好了。」

下車後，麗雪為了擺脫那位男士，故意抬高頭四處張望，走進候車室時，有一位面貌老實土氣的瘦小男人，穿著老式深色的西服，在人羣擁擠中，很驚喜地走到麗雪的面前，

「妳不是李麗雪嗎？」

在車上同坐的那位男士在走廊瞥望到這一幕，招呼一部計程車過來，坐車走了。

「你是誰？」

麗雪驚疑著，說不出到底認不認識這位年約五十歲的鄉下人。

「我叫王均，記不記得？九份國校，妳那時在代課，還有彭宗達。」他說。

麗雪記起來了。

「是王老師，」

「對，我現在在台中，我來車站等我太太，她回娘家去，今天回來。」

麗雪放心地說：

「你好，王老師。」

「好久不見了。」王老師說。

她感動著，心潮一陣一陣的起伏著。

「妳知道嗎？宗達在附近的花壇鄉，我們都說他是個怪人，他現在在種花，這幾天正在舉行花卉展覽，我昨天特地去看了，很熱鬧，也很有意思。」

「謝謝你，我正有事，再見。」

麗雪這樣說，穿過人羣匆匆走了，使這個王老師感到頗為詫異。這時一位肥胖高大的婦人帶著幾個半成人的小孩來到他的面前。

「你在看什麼？你和她說話的女人是誰？」這個婦人怒氣沖沖地問。

「什麼？」王老師嚇了一跳，對著他的太太張口結舌地說。

在花壇鄉的一條街道，麗雪步出計程車，向對面的花圃走過去。她混在參觀花卉的人潮中，但她並沒有注意架上的花是什麼。無論在那裡，她總是與花無緣。她終於看見宗達了，他穿著牛仔褲和一件淡黃色的套頭毛衣，正在為幾個圍繞在他身邊的男女指著花朵說著；她斜側的看到他的藝術家模樣的誠摯而認真的面孔，她有趨前認他的欲念，但又突然冷靜了下來。當她穿過花道經過一座花房的時候，一位正在裡面剪花和包紮花朵的漂亮婦人正在斥責身邊的的小男孩。

「不要亂吵，煩死人，小偉，你聽話，等一下爸爸來帶你去。」

麗雪注視那位男孩，好似看見另一個人的縮體。她內心思慮著，咬緊著牙齒，在花房門口與那位剪花的小婦人交視了一眼，她走開了。

她坐在花圃對街的冰菓室，打開手提包，從裡面拿出一個嶄新的信封，她把一張五十元鈔票送給一個十幾歲懂事的男孩，要他把信封交給對面花圃的主人。

那位男孩奔跑過馬路，走進花圃，把信封交給彭宗達。宗達打開信封，取出一張發黃的紙張，他僵住了，跑出來，向冰菓室跑來。這時一部停在冰菓室門前的計程車已經發動駛向路中央，宗達看到她的身影，呼叫著，但車子揚塵而去，不但沒停，反而加速向前衝去。

一架從台中飛往花蓮的飛機上，麗雪從窗戶向下望，大地是整齊的阡陌縱橫的田畝和細小密集的樹林，村莊像玩具小屋，山嶺脈絡可尋。突然飛機上下搖晃著，播音器說出遇到空氣的亂流，請旅客不必驚惶；但在麗雪的感覺裡，機翼像蝶翅柔軟地撥動飛翔。安全著陸花蓮後，她投宿一家觀光飯店，她感到甚為疲累，走廊上來來往往的腳步聲很多，但她還是沉睡著了。

第二天午前，她又走上一架飛往高雄的飛機，享受著與昨日相同的飛翔的快感，她盼望著一種蛻變，甚至以為自己已經是一隻飛遊的蝶，將來可以不斷地一次又一次的飛翔；飛在藍色的水的上空，飛越羣山。但她從上看下始終找不到她能辨識的地點，有如她沒有具備辨識的能力。當飛機起飛不久，她自覺生命已經脫出了她的支配和掌握，歸回給創造她的神；她向空中小姐要了一杯冰水，吞下了藥丸，一會兒她瞇閉眼睛，昏迷地失掉了知覺。

雲雀升起

他升起，開始周旋
他吐出銀鍊的聲響
有如許多鏈環不中斷
喳喳，哨聲，連成一線，震撼，
歌聲充斥天堂
他灌輸給大地的愛
展翅高飛高飛，
我們的峽谷是他的金杯
他是氾濫的醇酒
每當他一離去，

他就把我們提升和他在一起
直到消逝在蒼穹的光圈裡，
然後，幻想開始歌唱。

——喬治

他在村莊誕生時是個柔弱的嬰孩，父母逝世時他成為孤兒，他在一位木刻師父的工廠學習簡易的手工藝，他與同村的一個女子結婚。他天性沉默寡言，外表瘦弱，不善交際；他時常精神恍惚，腦子裡充滿無邊際的奇幻。所以年屆中年，他沒有特殊顯著的成就；他的妻子嫌他貧窮；村莊的人看不起他，稱他是無足輕重的人。

他慣常在午後走到村莊附近的一座山丘，躺臥在相思樹蔭下的草坡，仰望天空飄浮的雲朵。經年累月，他的仰望沒有任何的發現；高闊的藍天雲彩時有變異，但混沌的形狀對他不能產生確切的意義和啟示，只能維持他那朦朧的，不能成具體的，情緒低沉的原始的憧憬；他心存的幻念自小至今如此，他不明白為什麼，也不能獲得解答。他問自己：他注視天空想看到什麼？他肯定地默認他有某些意念，但他說不出為何處的顯明事物。

有一天，在那藍天白雲裡出現一個點，它起先只是一個小的針點，它在空際中轉圈，然後他清楚地看到展翼的翅膀在擺動，一隻鳥迅速地俯衝到他的眼前，停棲在他近旁的樹枝上。你是誰？那隻鳥發出啾啾的叫聲，雲雀嗎？這來自雲頂的鳥不倒翁似地首尾搖擺。他看牠自樹枝上飛起，拍翅高升到雲間，自由自在地在天空盤旋；他目不轉睛地仰望牠展示熟練的技巧，咧開一邊嘴巴不停地笑著；當牠在每一次兜轉傾斜飛旋時，他的心就像寄寓於牠的身體，受到風流的梳洗而感到暢快。突然他不由自主地猛吸一口氣，彷彿什麼力量抽走他的心臟；雲雀突然筆直升高，牠的形體又縮小成原先出現時的一個小點，然後在他一眨眼之間消失在雲頂。

他的形象因為這場神奇的鼓舞的消逝而僵化了，有如一個活生而老化的不再動顫的屍體依然躺臥在那裡。明亮的天空在不知不覺間灰暗下來，他沒有趕得上回家參加家庭的晚餐，在他有生以來第一次遭受到如此心情的激動之後，他幾乎沒有力量和意趣走回村莊。

當他軟弱無力地踏進家門時，他的妻子萬分厭惡和鄙視他那頹喪的模樣；他向她要求他的晚飯，她堅不答應他的請求，除非他對她忠實地說出今天他在那裡浪費光陰。他沒有說出來，因為人類沒有那種語言能夠描述他遭逢的感受；他堅忍地保守著他的祕密，即使這是對任何人都不會有任何利害關係，以及說出來亦無傷大雅的私事，甚至可能會引起一場滑稽感的嘲笑而娛樂別人；他心裡認為即是屬於他生命唯一的私有事件，他有不說出來的權力；雖然面臨的饑餓是一件頗難忍受的事，但他能在這生命裡擁有如此完全屬於自己的東西的精神，已經足可蓋過這種脅迫。

他腦中的奇幻能夠托藉雲雀在空中遨遊的自由感覺，勝於他在日常生活中實際所獲得的任何快樂。雲雀與他默契地約定，在他登臨山丘時，表現出他所希望的神奇而靈巧的飛翔。日子久了，他有一次試著不願在黃昏時回家，他在山坡上睡著了。他在睡夢中真的化身為一隻相同的雲雀起飛了。翌日，太陽的光線刺醒他時，他站起來驚異地看不見村莊；他環顧四周，大地是一片綿延不盡的山林；生活的世界消失了，像退回到美麗而荒涼的原始自然。他過去生活的一切景象隱遁了，被一種無知無為的虛無意識所替代；他的心情處在無痛感和喜悅的真空狀態，開始滋生另一種生命的感覺，有別於他昔日的無奇處境。這種獨一存在而無所依憑的新生世界，使他大為恐慌，他看不到任何能動的物體，空際沒有風，沒有聲音的傳達，他不知道身立何處，而應舉步何方。

他想到昨夜的夢，他真的希望肉體死亡後靈魂能夠遊於雲空，此時雲雀在他頭上的枝椏監視著他。「不，」雲雀忠告著他：「你現在死了，豈知解脫的代價，生命的靈魂沒有簡便廉價的換取，沒有經過歷練的生命只能化成一隻愚魯而悲鳴的鳥；一隻沒有智慧的鳥便不能高飛雲霄，牠只能飛離地面數十尺，牠發不出韻律的歌聲，只能叫出吵擾的短句；假如一隻鳥是沒有智慧而像麻雀營營地面的穀物，做一鳥又有何意思呢？生命如不受苦痛的歷練，靈魂怎能超升呢？」他指出他現在所見的世界是一片漫漫的景象，沒有新奇的人物，到處都是荒草、石頭、泥土和樹木而已。雲雀說：「人仔，因為你所見有限。」他又為他的營生問題抱怨。「人仔，你不往前走，你難以找到寄生的真正歸處，你也不必希冀於我。」雲雀飛走了。

他沉思良久，只能檢討昔時的生活而無法預見未來的生命。他想：脫離鄉村種種規律的習俗是他所願望的；放卸呆板無趣的工作也是他所樂意的；解除某種思想的束縛也是他所喜好的；但未來他能迎接著什麼形式以滿足他的意志？在人生所追求的事業中什麼是最為首要和珍貴的呢？雲雀的一場話不斷在他的耳邊縈繞，但他未來的運氣如何呢？他一面落淚一面行走，病累而昏倒在一處沼澤的邊緣。

當他甦醒，發現一個女人在照護他。她有光滑潔白的皮膚，身上貼掛著閃耀奪目的銀片；一對細長的黑眼，帶著勾魂的魅眉。她以蛋類養他，使他的身體強壯。她滑進水裡游泳，赤裸光潔的軀身渾圓地沉浮於水波之中。在這窒熱的沼澤區域裡，她以冰涼的肌膚盤繞貼緊，以安慰他的睡眠。

然後他體會著她神祕性情裡的冷酷和慵懶，她慣於擺出女王之姿蜷成像一團草繩，驅策他去勞動和盜取，以奉獻對她報答。他常要為尋索雞窩的所在而勞苦終日。有一天，他偷盜雞蛋返回的途中，遇到那隻回巢的偌大的母雞，牠察知他懷中藏有牠生下的蛋，和他展開一場爭奪的搏戰。雖然他終於能擺脫那隻母雞，但他與牠在爭鬪中卻遭到牠憤毒的啄傷。他踉蹌地回到她的身旁，腿部的傷口迅快地疼痛腫脹；他病倒了，不能再行走；他感覺到自己逐漸地虛弱，產生一種臨近死亡的昏暈。而她照常游戲於水中，蜷曲休息於樹下，把他棄置不顧。可是她的身腹早有了結果，她懷孕的身體也使她的行動日漸緩慢和笨重；她甚感恐慌，重又對他加以關注，與他訂定了條件。他虔誠地面對她，發誓將來永遠和她廝守在一起，並負責供養一家的生計。她用她奇效的舌頭來舐吸他腿上的傷腫，但當他的傷患解消之後，他無情地拔腿逃走了。

他快速而不停地奔逃，終於走出蛇女控制的潮濕區域。有幾日，他盡情地在森林中閒遊，心中充滿無上的喜悅，慶幸他能夠恢復自由；他飽餐林中的各種各類的果實，閒逸地在草地和花朵之中翻滾，漸漸養足他原有體力。不料在這樣快樂無憂的氣氛中，他莫名其妙地掉進了一個隱藏在地裡的陷阱，另一位女人出現，將他救起。

首先他們和善地交談，交換知識和經驗。他審視她那並不漂亮的臉孔，覺得她自然的表情帶著誠實和懇求的意思；他終於試探性地接受她親切的邀請，抵臨她的山邊洞穴。她的居室堪稱完善，佈滿許多藝品飾物，儲存許多食物：原來她準備了許久的一樁事，就是要找一個男性和她成婚。當他從這些印象領悟到那個陷坑就是她蓄意架設的時候，他心生畏懼，想抽身告退，但是洞口的柵門已經放下而牢牢關閉。

為了挽留他，她極力討好他；她頗為聰明和技巧地讓他安逸地享受生活的溫飽，和某些極致的快樂。因為他有潛逃的意念，逸樂終必會使他身心軟弱。他長期囚禁在洞穴裡，四肢變得瘦弱無力，頭腦和意志也變得昏沉和薄弱。她對他十分體貼，常用道理來勸阻他向外的野心；她是善意和勤勞的女人，以她多才多藝的本能娛樂他。除了有限的洞室的空間，他看不到天空和大地；他想望睹見雲雀的飛翔，他陷入於最後的絕望的悲哀。

有一天，她例行地外出採集食物，他匍匐地掙扎到柵門的旁邊，發現有一處綁縛木條的藤條已經鬆開，露出一個過身的縫洞，這時，一隻麋鹿路經洞口，見他悽慘可憐的樣相，問他：

「你為何落得如此境地？」

他呻吟著：「一言難盡。」

他奮力爬出門洞，騎在麋鹿的背部，貼身抱住牠的頸子，從此離開了那個狡獪的女人。

當他脫離猿女佈崗的範圍，繼續在森林前進的時候，他和麋鹿成了手足一般親愛的兄弟。囚禁難忍的經驗使他更加珍愛無拘無束的自由。他們路經一棵大樹下，樹蔭裡放著一個巨大的獸檻，裡面是一隻被擒的花豹，牠無法出來焦躁地在檻裡不停地轉身踱步，他心懷痛楚地站在旁邊觀看牠。他為了明白真相詢問牠：

「獵人捕你是為了什麼？」

「只為我身上這張皮。」

花豹對他做出悲吟的模樣，乞求他的憐憫。他想像牠那巧健的身手應該在月光下奔馳於綿延的山石之間，為了這自然之道，他動了慈懷。「人仔，假如你救我，我會永遠服從你當你的奴隸。」不用牠這般的承諾，他也會同情解救牠。麋鹿前來阻止，花豹指辯說麋鹿是弱者嫉妒強者。他信服花豹有力的辯詞而不理會麋鹿的警告，把圍籠的門栓拉開，恢復花豹原有的自由。當獵人出現時，他們一起奔逃了，只聽到背後獵人的告言：

「你這不知善惡的人仔，總有一天你會後悔，因為那是一隻陰惡無情的花豹啊！」

逃離之後，他和花豹都哈哈大笑著。之後，他覺得花豹比麋鹿是個更為有生趣的同伴，他看出牠們之間的性情有極端不同的對比。麋鹿自從花豹加入他們的行列之後，變得又奇怪又不快樂，總是保持一段警戒的距離行走。花豹每天都盡心盡力履行牠不自由時對他承諾的約言；他們整天奔跑玩樂；他學習花豹的身手，身體變得巧壯健康；他們一山過一山，遊遍了千山萬水，樂趣無窮。但花豹時常這樣說：

「主人，麋鹿為什麼不再靠近你呢？」

「我不知道，也許牠害怕你。」

「我服從你，難道我不會對牠友善嗎？」

「對的，但牠的脾氣很固執，思想也很幼稚。」

「牠驕傲，認為和粗俗的我在一起會降低牠高貴的身份。」

這樣一天一天地過去，麋鹿依然不改變牠的立場。而他漸漸地聽信花豹一篇一篇的道理開始不能原諒麋鹿；他同意花豹忠心耿耿的說法，認為麋鹿實在偏執得不近情理。他屢次對麋鹿要求：「走過來罷，我親愛的兄弟，」牠總是憂鬱地搖搖頭。要不是牠曾拯救他，他幾乎要斥責牠一頓。他繼續對牠勸誘：

「花豹對待我不是都照著牠說出的約定嗎？」

「你還是記住那位獵人的警告罷！」

他以為獵人因為自私的利益著想而憤慨地發言是不足採信的；他更應該信賴花豹長時以來表現的良好紀錄。「再見，請珍重。」麋鹿憂鬱不歡地向他告別。花豹聞言跪在他的面前，灑淚地請求他公平的批判，牠申訴著牠的品格被麋鹿無端地誹謗。在此境況下，他再也無法忍受麋鹿的傲慢態度，不但指責牠的不是，還要牠在花豹的面前道歉。麋鹿轉身回來，痛苦地對他注視，一步一步地趨前走向花豹；牠的身軀發出顫抖，低垂著頭顱，口中發出低沉的哀吟。當牠走近花豹的面前，前肢癱軟地跪下，花豹躍身過來，一口咬住麋鹿的頸子（這頸子曾經承受過他的擁抱），將牠撕開折斷。他驚訝地目睹麋鹿犧牲的慘相，來不及阻止這場暴行；他向花豹抗議，花豹反而張牙舞爪，同時對他凶惡地吼叫。當他害怕而奔逃時，在背後叛徒把麋鹿當做一頓美餐喫食。

他又孤獨了。他非常悲痛那為他的無知而犧牲性命的麋鹿，除了死，他不能寬恕自己的愚蠢。他站在一棵藤條垂吊的老樹之下，這是他認為應該自我懲處的地方。可是滑稽得很，藤條掛在他的頸子，他卻從懸吊的樹上跌落到地面。他坐在地上聽到雲雀的叫聲，傾聽著牠細數著他的過錯；他反問著要他這樣活著到底是為了什麼？他受不住雲雀的責罵，指認雲雀才是引發一切罪過的禍首。

他要求雲雀指引他回到他誕生和生長的村落，他的流浪是毫無意義的浪費生命，他寧可回到妻子的身邊再度接受陳舊的生活環境的綁縛。他聽到雲雀說他的妻子已經改嫁時，他大哭不已。此時他懷著落失的溫馨心情，一層一層地對村莊做著回憶；他不再像當初居住在村莊時那樣懷恨妻子的不是；現在他最為痛恨和看不起的是他孑然的本身。

他淚水滂沱地流著有一個時辰，搥胸頓足，哀叫咒罵，然後平靜了。「你現在感覺如何？」雲雀問他；他卻詢問雲雀蛇女和猿女如今怎樣？蛇女在她擁有的沼澤活得很好，而且生下許多小蛇；猿女的洞穴現在裝飾得更像皇宮，比以前他居住在那裡時更華美千倍；他問雲雀她們依然獨住嗎？雲雀說不，她們隨時都在捕捉她們所要的男人。往事不堪回首，他又嘆息著他這樣活著到底是為了什麼？

雲雀問他喜歡寶石黃金嗎？他說喜歡，但他做不了強盜的角色；雲雀問他喜歡美麗的女人嗎？他說喜歡，但他不能再把美麗的女人娶來做妻子過卑辱的生活；雲雀問他喜歡做眾人的王嗎？他說喜歡，但他害怕有一天會遭人殺害；雲雀問他喜歡自己嗎？他說不，因為他太軟弱無知。雲雀說他已經有了人生的經驗和知識，卻還沒有智慧，要他繼續往前行。

他依然盲無目的在大地漫遊，反覆不已地自問那句毫無意義的話，不久他的自語由問話變成了回答：「我活著是為了扮成一隻色彩繽紛的蝴蝶，」甚至在他休息的睡夢中亦不斷地口誦著他的結論。在白天，他已經習慣把它當為一個確信無誤的目標，一面走一面複誦著。一匹面目突魯的野驢跟在他的背後，學他緩步沉思的模樣，也用含糊不清的喉音與他合唱。而這野驢的嘲諷被他發覺了，他設計圈套擒住牠，騎在牠的身背上把牠馴服了。

他騎跨在這活躍的工具上，突然身心也活潑了起來；他大發奇想，駕駛野驢朝著一座非常醜惡和奇險的山奔去，那裡到處都是寶石金塊，使他非常喜歡。他撿拾了一袋又一袋，使立在身旁的野驢愁眉不展；他站在高峰上眺望，世界只是荒山野草，沉重包袱使他無法離開。他放棄後轉往海洋奔去，和一位美人魚相會，遺憾地她只能暫時浮出水面，而他只能站在海灘觀望，因為他不能適應海洋猶如她不能適應陸上。他大聲在森林中狂喚：

「我是王。」

眾獸向他圍攏過來，紛紛啐口水在地面上，轉身擺尾離開。他發瘋了，他歡天喜地地招呼一隻飛過的蝴蝶，蝴蝶說：「我不認識你，你這個骯髒襤褸的人仔。」

當他感到萬念俱灰和勞累已極的時候，他猛然地發現一個真實：他老了，他甚至老朽得不能再行走和在腦中思想。他慢慢從站立而坐下，然後躺臥下來，背部貼靠著露水潤濕的草地。他由感覺而認識到這是他昔日年輕躺臥仰望天空的鄉村的山丘，他試著轉動頭顱俯望山下，村莊顯然還在那裡存在。他想，他繞了大地一周又回到原來出發的地方。現在他希冀什麼？沒有，甚至連那使他的心靈盼望的雲雀，他也不再焦急地等候。他漸漸地感到昏沉，眼皮沉重——這一次他知道他不會再甦醒過來——他漸漸平靜地睡去，消失了意識，魂魄自那不能動顫的身體飛躍出來，像一隻雲雀高升天際。

……

每當他一離去，
他就把我們提升和他在一起，
直到消逝在蒼穹的光圈裡，
然後，幻想開始歌唱。

白日噩夢

一

我拉開簾幕，從臥室窗外望出，太陽剛上升自東方的山巒，投射出萬道金光，一部賣醬菜的手推車停靠在對面樓房下走廊邊的陰影裡，我看到我的妻子秀妹穿著樸素的晨衣自這邊的廊下走出，成斜線走向那位圓臉的販子。她的濃黑的頭髮向後梳，齊至肩膀，背脊猶顯露出中年婦女難有的挺拔，這是她天生高健和從事政治活動所培養出的模樣，然後她用著瓷盤端著一塊白色豆腐昂首闊步的走回來。我站在二樓俯視的角度，可以看到她寬平的前額和端正的五官所形成的歡快的笑容；就我所知，她踏出我們的屋子，便有這種爽朗神色面對任何人，即使她現在要從議壇退下來，這次改由我出馬競選本鎮的鎮長，我相信她永遠會留住這個讓人愉悅的動人表情。兩屆的縣議員生涯，帶給她的好處是她的生活充滿了朝氣。自我們的小男孩生出後就開始節育，在過去的八年時光中，我從事本鎮中學的教師工作，一切的行事都由她發號施令，我倒成為她的賢內助，為她起草講稿，分析事理，陪伴她旅行，教育孩子；但我和她是和諧恩愛的，她從不忘懷在我們共臥的睡床上是個溫柔的女性，也唯有在這窄小的臥室，我是她的主宰，情形將會有明顯的改變，但絕對不會影響我們之間的感情；無論情況如何，我和她總是協合同力對付外面的險惡環境。我也有政治的理想，然後我們有了協議，並由身居農會總幹事的岳父出面在區黨部提名協調會議中提名由我出來競選鎮長，秀妹滿心希望能夠在本次的公務人員選舉中，我們夫婦攜手出馬，她競選第三任的縣議員，她相信可以順利在婦女保障名額內獲得連任，我如當選鎮長，那麼對本鎮的建設向縣府爭取支持上便能做到事半功倍的效果。但岳父後來說，這次區黨部將全力輔選使我順利當選，條件是要秀妹放棄競選連任，把名額讓給另一位黨籍的女新秀。她表示說：「只要培基當選鎮長，我的任何犧牲都是值得。」她出生優沃而有權勢的家庭，自光復以來，張家的族系都出掌農會，成為有名的所謂農會派系；而我的父祖輩只是個鎮郊土城裡的小自耕農，由於我的勤學，從大學畢業後任教於本鎮的中學，能夠受到張家的器重而與秀妹結成夫婦，是我一生最大的幸福。去年為了配合我們的事業生活，用我們多年的積蓄在新社區購買了這幢樓房，且徵得我的父母的同意，由鄉下搬到鄉街內居住。沒有想到今年我竟獲得鎮長選舉的提名，對於我個人的前途和將來對鄉里的服務的抱負，我的腦中充滿了種種的理想。

我帶著滿足和自慚的雙重心情匆匆下樓，秀妹正要從客廳走進廚房，我們在樓梯口處相遇，她深深地看我一眼，露出她慣有的笑容。

「這是你最愛吃的豆腐，改由我來買。」

「我不知道妳那麼早起來。」

「我早起就是不錯過買你愛吃的豆腐，我聽到遠處的搖鈴聲，不敢吵醒你。」

「謝謝妳。」我心中高興，但發現我的聲音有點沙啞而低沉。

「今天是你一生中最大的日子，一個轉捩點，卻連一點警覺性都沒有。」秀妹說。

「昨夜……」我說不出苦痛或歡樂來。

她走進廚房，想是用開水清洗一遍豆腐的外表，然後澆上醬油端到餐桌上，過去的日子都是我親自做這件工作。我走進浴室，面對鏡子，看見一個幾近陌生的腫脹的面孔，在這張平時嚴峻的臉上，兩顆充滿紅血絲的眼睛凸出直瞪著我有幾秒鐘。我搖晃幾下頭顱，意圖想把滿腦的昏暈抖掉。昨夜，我仍然為將來得手的勝利和種種理想計劃失眠了一夜，直到臨近黎明才沉睡了一陣。昨夜，在新桃芳餐館，我的助選團的朋友們毫不憐惜地猛灌冰冷的啤酒；為了這次只能成功不能失敗的競選，我曾說服年老的務農的父親提供我百萬元，這些錢當然是田地抵押在農會，由秀妹的父親那裡提借出來花用的。昨夜，秀妹對我自競選以來的精神緊張，和神志的耗損，給予我自結婚以來最為溫柔體貼的撫慰。昨夜有數不盡的事務紛擾著我的神經，我像我在課堂上對學生講授的地球自轉，整個宇宙也在地球的外圍不停地旋轉，彷彿世界是個喝醉酒的大渾團。

二

在早晨的電話中，企劃一切競選事宜的服務站主任老謝再一次對我保證一切將順利成事。矮胖的老謝是二年前由他鄉鎮調來本鎮主持黨區事務的老手，他的特長無疑是能夠做種種的策略，做斡旋和協調地方派系的工作；如不是仰靠他的幹練，和岳父的勢力，恐怕一切都將得不到順理成章的秩序。而且競選的種種主張都必須聽他的指揮，由不得我這單純的頭腦做主，我至今猶在心裡懷疑：世事的複雜和變化與我們簡單的條理的思考之間竟有天淵的距離，事實常超出我們的理想之外，但既然有他的保證，且臨到這最後的關頭，任何我個人的單純理由都派不上用場，而且似乎也都太遲了，就只得聽天由命了。我現在心中唯一的期待和願望，就是最後由今天的得票來證實我的當選的喜躍和勝利的感覺滋味。為了這個，我可以不計我的所有的喪失，一切我受教育培養的正義操守，和我在教壇上對學子強調的正直的觀念，這些似乎在這人世權益的競爭上都化為烏有了；那些敢情就是空洞的理論，幾乎是荒誕的說教，是受不住俗世爭權奪利的潮流的無情掩蓋，它們在這人的世界上根本就不可能好好的存在。秀妹就早知道這點，她的兩屆縣議員的經驗，就在我這初次出馬競選的期間，成為我的行事態度的保母，指導我應付進退，我亦發現在邁向成功的道路上，我的氣質的演化是一件頗為饒趣的事。就在上星期，主辦單位舉行了一次公教人員輔選工作會報，要全鎮黨籍的公教人員出席集會；縣長、縣黨部主委、教育局長，以及本鎮各單位的首長，和我們參加競選的候選人都坐在長桌的後面，面對幾百位公教界的知識份子，要求他們在此次艱苦的競選情勢中，拿出忠心於黨國的精神，出力支持到底；做為黨提名出來競選本鎮的鎮長候選人的我，在發表演說時，我突然一時感到面紅耳赤，幾至語塞中途停頓的尷尬局面。但想到長官的付託和扶持，我又振作起意志，做毫無愧意的呼求他們支持我，聲言將為全鎮的民眾做最大的服務。事後，秀妹和服務站主任蒞臨各村里列席里民大會、婦女會，開始在會中進行公開指責敵對的無黨無派的競選者的種種欺壓善良百姓，不務正業和無所事事的事端，並由各國校的校長指令老師們對學生進行調查家長的意向，強迫學生要求家長應該的選擇。對於這些做法，現在站在我非贏不可的立場上是理所當然，無可厚非的。

「今天你得守候在本部，或許有什麼特殊的情況。」秀妹說。

她剛由樓上的臥室打扮完一步一步地走下樓梯。

「會有什麼特殊的情況？」我坐在寫字桌的位置轉頭仰視她。

她聽到我這樣的發問，似乎使她詫異得佇腳在下樓的中途，用著她有點塗厚了色澤的眼眶而使眼睛顯得特別深黑銳利的驚異神色注視我；在這瞬間，我第一次感覺她高高在上的威嚴和冷峻，我幾乎不相信她就是我十多年來，在我們的款款耳語的床笫間百般順服我的嬌妻。她是太男性化了，使我不自覺地抖顫了一下。我自覺我的問話的無知和幼稚，她的表情又由陰暗轉化為明亮，畢竟我和她是一體的。

「難道你嗅不出情潮？」

「什麼情潮？」我又傻了。

「當然不是那種兩性間的。」

她顯得好氣又好笑的樣子，走下樓，站在我的身旁，用她的右手按在我的左肩上，然後意味深長地對我說：

「你應該要有心理準備。」

「到底是怎麼一回事，秀妹？」

「你實在是個標準的書生，不知天下間的是非。」

我完全被她嘲弄的關懷所嚇住了；我不明白此時她為何不能保持一貫歡喜的態度；她像是要對我發佈驚人的內幕消息。

「難道妳不是從頭就贊成我出來競選？」

「當然，而且我們兩人攜手一起會更有身價，可是……」

「為何妳不早對父親堅持這一點？」

「他也知道，但現時他已無能為力。我這幾天才知道，下一屆農會總幹事改選已不可能是他，一切的安排都是為未來的形勢準備的，他並不知道他吃了這暗虧，可能會要他的女婿來代吃這個苦果。」

「妳說的是什麼意思？」我急躁地站起來。

「即使如此，你現在也要保持冷靜。」

她又把我按坐到座位上。

「所有公教界的知識份子都支持我，有他們我相信可以影響到其他人。」我說。

「表面上他們是服從上級的要求，可是真正不可靠的也是知識份子，何況他們從來就沒能左右一般的勞動民眾。」

她越說我越覺得不是滋味。

「那麼要怎麼辦？」

「就是明知是一場敗仗也要繼續堅持下去，直到被打敗為止，我們所靠的是一些連我們也不明瞭的奇蹟。」

「為什麼妳先前不這樣告訴我，否則我也不會涉陷進去。」

「情勢是逐月演變出來的，我比你更具有這種敏感，能夠憑我的感覺嗅出來。」

「這就是妳所謂的情潮？」

我們幾乎是怒目相對，又相視而笑。

「你總會變得聽明世故，」她說。「我要出去為你守候一些崗位。」

她把手縮回去之前，我把它緊緊地握住。

「我不知要怎樣感激妳，」我說。

「來日方長，」她說。「有什麼情況，你看著辦好了，最重要的是保持鎮靜。」

當她走出門外時，她又告誡我們那九歲的男孩耀宗不要隨便亂跑，到街市上和同學爭論打架。她一離開，我突然有些寂寞孤獨的感覺；但我明白，無論這世界是怎樣的窩囊糟糕，只要有秀妹在，我便足可安慰。

三

我的內弟張萬騎著摩托車停靠在走廊，大腳踏進我設在客廳的競選總部，他是一個十分衝動的青年，與他的姐姐恰成對比，一直是這次我出馬競選最為熱心的助選員。我一眼望去，他那長滿青春痘的不平均的臉孔像在流著殷紅的血水，我捉起掛在椅背的乾毛巾丟給他，要他把臉上的汗水擦乾。

「有什麼消息？」我問他。

他從衣袋裡掏出一張油印的紙張。

「你看這個，姐夫。」

我端視他遞給我的那張字跡笨拙的油印紙，裡面分條寫滿我的敵對競選者幾十年來為警察分局登記有案的各項違警劣跡，大部份是本鎮的民眾已經熟知的賭博和唆使打架的事。我的內弟自己在倒茶喝。我判斷這張單子已經散發到本鎮區內的各處，正在發生某種反作用效果。我捉起電話打到警察分局，那邊的值日警察說局長乘車出去巡視不在，問不出到底怎麼一回事。我又打給服務站主任老謝，我聽到他的笑聲就感到滿身的寒顫。

「你不要緊張，這是祕密。」他說。

「為什麼？」

「就是拿出一點手段來而已。」

「可是……」

「讓大家知道他的底細不配當鎮長。」

「這樣做你沒有考慮會成了反效果？」

「保證不會，你放心，我有勝算。」

「這不是我意願的……」

「這個時候不能談你意願的事，等你當了鎮長，你可以隨心所欲，你要放明白，要是我不能輔選成功，我也要走路的，這個重大關係我不能不考慮。」

在電話裡我根本不能對他怎麼樣，我心裡充滿對這個搞政工的傢伙的痛惡。他顯然不懂得瞭解羣眾的心理是怎麼一回事，只管賣弄他那一套挖臭和鬪臭的伎倆。我最後拼出這樣一句話對他說：

「謝謝您，你真幹壞了好事。」

「怎麼樣，怎麼樣……」

我把電話掛斷，把那張醜惡骯髒的油印紙揉成一團，狠力丟進桌下的字紙簍裡。我要我的內弟不要出去和人爭論這是誰幹的好事，聽任情勢的發展算了。

之後，隨著整個上午的時間的流逝，紛紛有助選的人回到本部，傳遞給我許許多多莫名其妙的寄發的明信片，其中有一張這樣寫著：

進發：

你不投我一票我會叫你好看的。

林家園鞠躬

我料到這又是怎麼一個作用，似乎雙方都在利用紙彈，可是我的敵對者林家園這流氓頭卻勝人一籌。

「怎麼辦？」

我的內弟張萬看著我若無其事，反替我焦急萬分。他把椅子拉過來靠近我，似乎要與我商討出一個補救的辦法來。

「這樣搞下去，我們本來是優勢反而成了劣勢。」我分析了事理之後結論說：「本來是一件神聖的事體，變成了最窩囊的髒事。」

「這是打仗，當然都不擇手段。」他幼稚得可笑地說。

我懶得去為他解釋這根本不是什麼打仗，而是一種公平的競爭，以及對民眾知識水準的一種最佳的考驗，以說明一個國家是否值得實行民主政治。但這些道理現在有誰去加以關懷呢？憑著我的人品學術和職業地位都遠遠超過對手，黨部提名我也是正確有眼光的，但為何在這個小鎮上會演變成如此地無秩序和混亂呢？

這時一位派去我的老家土城里的助選員回來報告了一項驚嚇我的消息，他說，那些鄉居的農戶都在傳言著我不孝順父母，把年老的父母親丟在鄉下，與妻子舒適地住在鎮街上。我心中明白，表面的事實正如傳言，但內情並非這樣，兩老身體猶健，不習慣街上嘈雜的生活，喜歡與樹木農作物為伍，自願留在清靜的老家住，我相信接近我的朋友都能為我辯解；但事到如今，有如內弟張萬的說法，是在與敵對者決鬥，我早先沒有提防這一著，現在已經無可奈何應付。隨之在鎮街也紛紛傳言我教學不力，不關心學生的課業，不重視升學，拒絕給學生輔導功課。然後有助選員匆忙地回來說，某某村里票價由五十塊錢喚到一百塊錢，問我應該怎麼辦？在旁邊的內弟張萬斬釘截鐵地說道：

「我們出一百五，統統打死。」

四

午後，在投票結束之前，我偕忠實地維護我的秀妹乘坐計程車到各里的投票所去，向那些整日不離開崗位的辛勞的服務人員答謝。從那些與我同等職位，在本鎮同樣服務於公教界的人員面孔表情上，我體察到我與他們之間的隔膜，從難能產生熟絡的友誼上，我深深地感到我是個不獲好感的候選人。戲已快落幕，懊悔急遽地侵擾到我的心底，我自知天性不喜歡言笑，待人處事務求合於禮法，給人一種傲岸不羣的口實。當我下車步上本鎮最偏遠的一所小學分校的斜坡時，一位我原先不很注意的我的助選員，依然忠實地站在離投票所數十公尺遠的圍牆外，代表我謙恭地向最後趕來的老年人拉票，我感動而羞愧地把頭轉向西墜的太陽，那裡天邊佈滿暗褐的雲層，露出木麻黃樹尖的海洋平展成一線，離我踐踏的草地甚遠，但我敏銳的耳朵似乎能夠傾聽到潮汐的捲動聲響。我回轉時招呼那位憨直的青年過來，緊握著他的手說：

「阿波，辛苦你了。」

「阿基兄，不要這樣說。」

「你說這一里的情形大概如何？」

「不是我說大話，這一里都是阿基兄你的票，那些老輩的人都說，要一個有學問有人格的出來做鎮長，鎮政和建設才能和別鄉鎮比拚。」

「謝謝你，阿波。」

我心裡又湧出激烈的感動，但是我知道，設在這所學校的是十八鄉里中人口最少的一個投票所，合法的投票人數不足四百人，有大多數男女青年都遠到城市去工作謀生，只剩下散居在村落山邊的為數寥寥的老年村夫農婦。

「阿基兄，我給你講，我是轉達他們的意思，你當了鎮長之後，這一帶山區要好好加以墾植造產，開闢一條產業道路通到那邊山腳，使交通方便，一旦有經濟價值，外面謀生的本地人就會肯回來經營。」

「你說的是，阿波，我太感激你了。」

回到家裡，內弟張萬已經在本部佈置好準備統計各處開票的情形。我坐定在那裡等候，秀妹忙著從廚房搬來了給大家解渴的可口可樂。一刻鐘後，就有第一位負責帶回消息的人騎摩托車急忙的趕回來報告，我的得票數僅略勝少許。不久大致情形已經揭曉，鎮內和附近人口較多的地區，我的得票比例與敵對者相差甚多，甚至連我的老家土城里亦慘遭敗北。走廊上圍擁的人潮，看到我大勢已去，漸漸的離散，幾個助選員帶著頹喪的氣色，敗興地偷偷溜走，我心中早有準備，是我的愛妻秀妹要我提防的。這時，我的心境由極度的緊張直落，有著逐漸解脫的感覺，彷彿所有的世事均與我牽連不到關係。突然，當我瞥望到門口，我的小兒子耀宗帶著滿臉塗污的血傷哭奔進來時，我自己像是另一個自我，從座位上急躍起來，迎抱著那代表整個遭到慘痛的小身體，把他緊緊痛惜地摟在胸懷中，他的臉蒙在我跳動的左胸上嗚咽。我轉身時，看到內弟張萬已暴跳如雷拿起電話打給警察局，秀妹急速地從他手中搶過電話掛斷，並斥責他說：「不要小題大做。」

當我準備坐計程車趕到鄰鎮的醫院為我的孩子裹傷時，秀妹趕過來要和我同行。車子經過一個十字路時，我從窗口望見我的敵對者的本部的那條街擁塞著人潮，有一盞強而明亮的燈兒照著一塊掛在走廊窗門的白色紙板，那必定是公佈他們勝數的佈告欄，鞭炮之聲由那裡響起，我們的坐車遠離市街開到公路上時，還能聲聞。之後車子在平直的大道上急駛，除了馬達聲外，外面喧嘩已聽不到，由窗口不斷流瀉進來的涼風，像在衝洗我滿腦的昏噩。那位司機似乎在照後鏡偷偷地窺視我，然後由他的肩膀遞過來一根香煙，我傾身接住後對他說：

「謝謝。」我為自己點燃，猛吸了一口。

「幹伊娘，伊有資格當鎮長？」他憤憤地說。

「不是這樣講，這是民選的。」我說。

「民選是民選，統統是垃撒鬼代志。」

「是的，但對我來講，是白日噩夢。」
秀妹伸過來握我的手，我把耀宗抱緊。

七等生創作年表

INK PUBLISHING
七等生全集 07
散步去黑橋

作　　者　七等生
圖片提供　劉懷拙
總 編 輯　初安民
責任編輯　施淑清　宋敏菁　林家鵬　孫家琦　黃子庭　陳健瑜
美術編輯　黃昶憲　陳淑美　林麗華
校　　對　呂佳真　潘貞仁　林沁嫻

發 行 人　張書銘
出　　版　INK印刻文學生活雜誌出版股份有限公司
新北市中和區建一路249號8樓
電話：02-22281626
傳真：02-22281598
e-mail：ink.book@msa.hinet.net
網　　址　舒讀網http://www.inksudu.com.tw

法律顧問　巨鼎博達法律事務所
施竣中律師
總 代 理　成陽出版股份有限公司
電話：03-3589000（代表號）
傳真：03-3556521
郵政劃撥　19785090　印刻文學生活雜誌出版股份有限公司
印　　刷　海王印刷事業股份有限公司

港澳總經銷　泛華發行代理有限公司
地　　址　香港新界將軍澳工業邨駿昌街7號2樓
電　　話　852-27982220
傳　　真　852-27965471
網　　址　www.gccd.com.hk

出版日期　2020年12月　初版
I S B N　978-986-387-375-4
定　　價　320元

國家圖書館出版品預行編目資料

七等生全集. 7／
散步去黑橋/七等生著 -初版. --
新北市：INK印刻文學, 2020.12 面；　公分
ISBN 978-986-387-375-4(平裝)

863.57　　109017957